EL BARCO DE VAPOR

Café solo

Andrea Ferrari

A mi madre,
que me transmitió
el placer de los libros.

Primera edición: marzo 2003
Segunda edición: diciembre 2004

Dirección editorial: Elsa Aguiar
Colección dirigida por Marinella Terzi
Imagen de cubierta: Javier Aramburu

Impresores, 15
Urbanización Prado del Espino
28660 Boadilla del Monte (Madrid)

ISBN: 84-348-9864-0
Depósito legal: M-48492-2004
Preimpresión: Grafilia, SL
Impreso en España / *Printed in Spain*
Imprenta SM - Joaquín Turina, 39 - 28044 Madrid

1 *Clorinda*

TAL vez ustedes lo recuerden, porque el caso fue famoso. En aquellos días la televisión no hacía más que repetir una y otra vez la imagen de los chicos: dos figuras minúsculas en la cornisa de un enorme edificio. Un diario tituló en portada "Romeo y Julieta viven en Villa Urquiza" y por aquí todos guardamos esa hoja como trofeo. Es que no sucede todos los días que el barrio de uno salga en primera plana. Después, como ocurre con todo, los medios se desentendieron del caso. Otros temas corrieron a Romeo y Julieta de los titulares y la gente terminó por olvidarlos.

Nosotros no, les aseguro. Aquí seguimos hablando de ellos durante muchísimo tiempo. Les digo más: aún hoy, si alguien viene con suficiente paciencia, puede conocer hasta los más pequeños detalles de ese romance increíble, que tuvo en vilo al país entero una noche de noviembre.

Para escuchar la historia bien contada conviene acercarse al almacén de Clorinda y Raimundo a las tres o cuatro de la tarde, cuando todavía hay pocos clientes. No tengan duda de que Clori es la mejor: no hay otra persona en el barrio que lo cuente con tanta pasión. Y ni siquiera es necesario insistirle. Alcanza con mencionar el tema para que ella se acode en el mostrador, en ese espacio libre entre las latas de duraznos en oferta y el queso parmesano, y empiece. Primero siempre se aclara la garganta. Luego eleva los ojos, como mirando al techo o tal vez al cielo, y suelta un pesado suspiro.

—Esa -dice-, esa sí que es una historia. Y yo la conozco como nadie.

El relato lleva un buen tiempo: le han oído hablar del tema hasta tres horas seguidas, en una tarde de sábado lluviosa. Pero no sé si ustedes están interesados en la versión completa. Si aceptan perderse algunos de los fabulosos detalles que atesora la memoria de Clori, entonces puedo darles una síntesis de lo que ella cuenta.

Son jóvenes, apenas catorce o quince años. Ella es hermosa: el pelo castaño largo y ondulado, los ojos de un azul grisáceo, la nariz fina, los labios carnosos. Él tiene aún rasgos algo infantiles, el pelo un poco largo, la mirada desafiante. Están enamorados. Pero no es uno de esos amores típicos de la adolescencia, que un día sí y otro no. Este es un amor apasionado, profundo. Sin embargo, un mundo los separa. Para empezar, la posición económica: ella pertenece a una familia rica, que habita una de las mejores casas de la zona, una mansión de tres pisos y jardín. Él, en cambio, es pobre y vive junto a sus padres y sus tres hermanos en un pequeño departamento. Además, una antigua disputa divide a sus familias. Durante un tiempo, mantienen su amor en secreto. Pero entonces el padre de ella se entera. Ese día arde Troya: gritos, llantos, portazos. El padre no está dispuesto a que la niña de sus ojos siga adelante con esa relación. Se lo prohíbe. Ella discute, pero no consigue nada. Desolada, le comunica a su amado la noticia. Arde Troya otra vez: él no está dispuesto a aceptarlo. Le anuncia que va a hacer frente a su padre. Ella no tolera pensar en la pelea entre las dos personas que más quiere y toma una decisión tremenda: esa misma noche va a subir a la terraza más alta de la zona y se va a lanzar al vacío. Le escribe a él una carta de despedida que empieza diciendo "cuando leas esto ya no voy a estar en este mundo" y la deja en el buzón de su casa, pensando que no la verá hasta el día siguiente. Pero él la recibe antes de lo pensado, esa misma noche. Desespera y, creyendo que ella ya murió, decide también él quitarse la vida. Va en busca del edificio más alto para tirarse. Y claro, el edificio resulta ser el mismo. Total que los dos se encuentran ahí arriba. Cuando él llega, ella está en la cornisa. Él camina lentamente por el mismo borde hasta que sus dedos se tocan. Y ahí están: las manos tomadas, el vestido de ella (que según Clori hace juego con sus ojos) flameando en el viento, cuando alguien desde abajo los ve. Y ese alguien llama a la policía, que llama a los bomberos y pronto hay una multitud mirándolos y gritándoles que no lo hagan, que lo piensen mejor, que no vale la pena. Por supuesto llegan las cámaras de televisión, que trasmiten en directo y al rato todo el país está pendiente de esos chicos, de que no den un mal paso que convierta la escena en una verdadera tragedia. Entonces entre la multitud aparece el padre de ella, desesperado, y con un megáfono de esos que usan los bomberos le ruega a su hija que desista. Le promete que va a aceptar al novio, porque con tal de no perderla está dispuesto a todo. Entonces ellos permiten que los ayuden y, con pasos vacilantes y temblorosos, desandan el camino recorrido por la cornisa, mientras allá abajo todos contienen el aliento. El final es feliz: llegan sanos y salvos, se abrazan, todo el mundo festeja, y la familia llora de puro alivio.

Ahí termina el relato.

—¿Pero cómo? ¿Y después qué pasa?

Eso es lo que todos preguntan. Si ahora están de novios, si se van a casar. Están también los que quieren saber los nombres verdaderos, porque claro que ellos no se llaman Romeo y Julieta. Y los que preguntan sus direcciones: estos son casi siempre los periodistas, que tras esa noche invadieron el barrio en busca de los detalles desconocidos de la historia. Y no solo los de Buenos Aires: hasta llegaron reporteros de Córdoba e incluso un equipo de la televisión española... Pero Clori no suelta prenda.

—Eso –suele decir– ya es privado. No voy a ser yo quien me entrometa en la vida de los chicos.

Y eso que le rogaron. Le propusieron, entre otras cosas, ser la invitada estrella de un programa de televisión a cambio de que revelara algún dato crucial. Y nada. Hasta hubo uno que se atrevió a ofrecerle dinero: Clori ni siquiera le respondió, se limitó a cerrarle la puerta del almacén en la cara. Pero lo que verdaderamente la perturba no es eso: es que alguien tenga la osadía de poner en duda su versión de los hechos. Como aquel periodista, el narigón, que una vez terminado el relato preguntó:

—¿Y los gatos?

—En esta historia no hay ningún gato –respondió Clori seca, pero todavía amable.

—Cómo que no –se atrevió soberbio el narigón–. Varias personas me aseguraron que hubo dos gatos en la terraza que tuvieron un rol clave en el caso. Pero tal vez usted no sepa todo lo que pasó.

La cara de Clori se enrojeció y sus ojos parecieron a punto de largar llamas. Golpeó en el mostrador con tal fuerza que las facturas y recibos que su marido Raimundo acababa de ordenar prolijamente volaron por todo el lugar. Era claro que no había más que hablar:

segundos después el periodista narigón estaba fuera del almacén con la clara advertencia de no volver nunca jamás.

Yo creo que se lo buscó. ¿A quién se le ocurre decir una cosa así? Sí, es cierto que algunos detalles del relato no concuerdan y que nadie más que Clori parece saber que el padre de la chica gritó por el megáfono que aceptaba a su novio. Sí, también es cierto que en realidad ella no vio nada de lo que sucedió: fue reconstruyéndolo poco a poco a partir de lo que le contaron, sumando un dato de acá y otro de allá. Y qué. Uno a lo de Clori no va en busca de la VERDAD, así con mayúsculas: allí uno va a escuchar una historia bien contada.

La verdad, si realmente a alguien le interesa, puede buscarse en otro lado. A mí me interesaba.

2 *Anselmo*

UN buen lugar para empezar podría ser el negocio de Anselmo. Sin embargo, el periodista narigón no se detuvo allí. Yo lo vi pasar, abstraído en su libreta de apuntes, probablemente aún disgustado por el mal momento que había sufrido con Clori. No le echó siquiera una ojeada a la relojería y eso que Anselmo estaba ahí parado, esperando que algún cliente se decidiera a entrar.

Y si uno lo piensa bien, todo empieza allí: en la falta de clientes. Porque si el negocio hubiera funcionado mejor, Fernando habría seguido trabajando y entonces las cosas hubieran sido distintas. Pero me estoy precipitando. Mejor cuento la historia tal como me la explicó a mí Anselmo, que aún hoy sigue extrañando a Fernando.

—Un muchacho con un don natural para los relojes –dice–. Una lástima que tuviera que irse.

Es una manera peculiar de ver el asunto, porque en verdad fue el mismo Anselmo quien le dijo que se fuera, que la gente arreglaba cada día menos relojes y ya no podía seguir pagándole el sueldo.

—Y la primera reacción del muchacho no fue preocuparse por su futuro, sino por los animales. Así es él: los animales son su pasión.

La pasión de Fernando en este caso se trataba de dos perros, un gato, una tortuga, un loro y un mono. Como para no preocuparse. Hasta ese momento vivía felizmente con todas sus mascotas en un pequeño departamento alquilado, a dos cuadras de la relojería. Es decir, felizmente para él y desgraciadamente para sus vecinos, que no hacían más que quejarse del ruido y el mal olor. Tras dieciocho reuniones y varias cartas amenazantes, los vecinos no habían logrado que Fernando mudara a sus animales, pero habían obtenido una promesa del dueño del departamento: ante el más mínimo problema, le cancelaría el contrato. Estando los ánimos tan caldeados, Fernando tenía claro que no habría modo de negociar un atraso en el alquiler. Sin sueldo no podía pagar y sin pago él y toda la fauna quedaban de patitas en la calle. Claro que él podía conseguir lugar en la casa de algún amigo, pero ¿quién iba a aceptar a dos perros, un gato, una tortuga, un loro y un mono?

Como suele suceder en estos casos, la solución llegó de donde menos podía esperarla: de un cliente. Mejor dicho, de una clienta, que un día se apareció con uno de esos relojes de cuco en el que el pajarito se negaba a cantar. Y mientras Anselmo revisaba el mecanismo, dejó caer el comentario como de pasada: que su hermano andaba buscando un cuidador para la quinta de Bella Vista. Y que era urgente, porque los caseros se habían ido sin previo aviso y alguien tenía que hacerse cargo de la casa y de los dos perrazos que allí vivían.

No habían pasado dos horas cuando Fernando ya se había ofrecido como cuidador. Una semana después estaba instalado. Es decir, todo marchaba sobre ruedas.

Ya sé que a estas alturas alguien se habrá impacientado y se preguntará qué tiene que ver todo esto con Romeo y Julieta. Con tranquilidad: ya vamos llegando. Porque, como decía, todo marchaba sobre ruedas, a excepción de un pequeño detalle: el gato. Resultó que los dos perrazos de la quinta eran unas bestias feroces y apenas vieron al gato intentaron destrozarlo. Fernando lo rescató en dos oportunidades y analizó las opciones: no iba a estar siempre presente para salvarlo, de modo que era mejor encontrar una nueva casa para Modesto. Porque ese era el nombre del gato.

Así es como aparece Marcelo en esta historia: es el chico que se convirtió en el nuevo dueño de Modesto. Ya sé: ustedes se preguntan otra vez cuál es la relación con Romeo y Julieta. Pues bien: Marcelo es Romeo. Me lo dijo Anselmo. Y el gato tiene una importancia central en la historia, tal como intuyó el periodista narigón. Solo que preguntó en el lugar equivocado.

Si del gato vamos a hablar, hay que empezar por mencionar el asunto del nombre: una confusión. Eso también me lo contó Anselmo. Así son las cosas: cuando Fernando decidió buscar una nueva casa para Modesto, se puso a llamar a cuanto número tenía en la agenda. Pero las páginas avanzaban, las monedas se iban agotando (llamaba desde un teléfono público), y nadie quería adoptar al gato. Por suerte, llegando al final de la agenda, su amigo Walter aportó una luz de esperanza: dijo que él no, muchas gracias, pero que su sobrino Marcelo tal vez sí aceptara al gato. Entonces se produjo esa extraña comunicación: Fernando llamaba desde un bar en Bella Vista, donde en ese momento una animada concurrencia miraba el partido de fútbol Colombia-Argentina. Al mismo tiempo, en la casa de Marcelo su hermano menor estaba armando un fantástico berrinche porque intentaban forzarlo a meterse en la bañadera contra su voluntad. Ante semejante interferencia sonora, no es raro que Marcelo entendiera que el gato se llamaba Molesto.

Pero aun cuando, mucho después, supo la verdad, Marcelo ya no quiso cambiar el nombre, porque el error parecía calzarle a la perfección a un animal que se pasó toda la primera noche en su casa arañando las puertas. Y fue como si ese nombre definiera la relación entre Marcelo y el gato, que nunca pareció sentirse cómodo en su casa. Sí, no había duda, ese gato se veía decididamente molesto.

Así llego al momento que ustedes esperaban: el día en que Anselmo los conoció. A Romeo y Julieta, por supuesto. Dice que estaba intentando descubrir cuál era el problema con ese maldito reloj de bolsillo que le había dejado un viejo cliente cuando entraron dos adolescentes a los que nunca había visto. Nada llamativo, asegura, apenas dos chicos como tantos otros. El muchacho le preguntó por Fernando: dijo que necesitaba comunicarse con él de inmediato. Imposible, explicó Anselmo sin siquiera levantar los ojos del reloj, porque en la quinta de Bella Vista no había teléfono. El chico insistió con la urgencia del asunto.

—¿Y cuál es la emergencia? –preguntó el relojero dignándose al fin levantar la vista.

Así supo de los problemas entre Marcelo y Molesto. De la inquietud del gato, que daba vueltas por la casa olisqueando despectivo, como si no hubiera un solo rincón decente donde echarse a dormir una siesta. De las madrugadas en vela a causa de los rasguños y quejidos. De esos momentos de zozobra, cuando el gato se le tiraba encima y lo miraba fijo, como urgiéndolo a hacer algo. Definitivamente, era necesaria la intervención de Fernando.

—Yo pienso que Molesto quiere una novia.

Eso fue lo primero que dijo ella en la relojería y recién entonces Anselmo le dedicó un poco de atención. "Linda chica", dice ahora si uno le pregunta, pero no hay forma de hacerlo entrar en detalles.

—Tal vez tu amiga tenga razón –cuenta que le dijo a Marcelo. Después, se limitó a darles la dirección de la quinta en Bella Vista, único dato disponible de Fernando.

¿Y qué más?, preguntarán ustedes. ¿Qué hay de la pasión, de ese tormentoso amor entre los adolescentes? Pues nada, según Anselmo, nada que se apreciara a simple vista. Apenas dos chicos, comunes y corrientes.

3 Ramón

CON solo verlo pasar, supe adónde se dirigía el periodista narigón: al taller de Ramón. Era obvio, todos habían ido allí. Ramón tiene bien contabilizadas sus intervenciones en los medios: apareció en cuatro noticieros de televisión, tres revistas y dos diarios. Hasta habló en directo con no sé qué locutor famoso de la radio. Y todo para nada.

Les voy a decir una cosa: en este barrio hay gente que sabe mucho y dice poco. Otros, en cambio, cuentan mucho más de lo que en verdad saben. Ramón es uno de ellos. A fin de cuentas, él apenas estuvo en dos oportunidades con el padre de Marcelo, cuando le llevó el auto a arreglar. Pero a los chicos, a Romeo y Julieta, no los vio nunca. Aun así, habla. Y cómo.

Aquella tarde yo estaba apoyada en el mostrador del quiosco haciendo mis habituales apuestas mentales sobre adónde se dirige la gente. Los veo pasar y por su manera de caminar, por las miradas, por la tensión de los cuerpos, arriesgo que van a girar hacia la izquierda, al banco, o a la derecha, a la carnicería, o que tal vez crucen hacia la escuela. No pretendo decir que sea un entretenimiento brillante, pero es una manera como cualquier otra de matar el tedio. Otras veces, cuando hay pocos clientes, veo novelas en televisión. Muchas novelas. Mi tía Mary dice que ver tantas novelas achica el cerebro y que con veintisiete años podría ocuparme de cosas más importantes. Sí, tal vez, pero me divierto. Es que a mí realmente me fascinan las historias de amor. Debe de ser por eso por lo que me metí en este asunto.

Pero volvamos a lo nuestro. Les decía que estaba segura de que el narigón iba a lo de Ramón, pero él me sorprendió: se detuvo y volvió sobre sus pasos, hasta el quiosco. Durante unos minutos observó las golosinas. Era la primera vez que yo podía mirarlo de cerca. Tendría unos treinta y cinco años. Era flaco y sobre su imponente nariz llevaba calzados un par de gruesos anteojos. Me pidió entonces un paquete de chicles. Cuando le estaba dando el cambio, preguntó por Romeo y Julieta. Lo soltó mirando para otro lado, como si no quisiera darle demasiada importancia al asunto.

—Estoy seguro de que usted conoce a esos chicos a los que apodaron Romeo y Julieta. Tal vez pueda contarme algo de ellos.

Le contesté que no podía ayudarlo demasiado: nunca los había visto personalmente. Pero él siguió preguntando. Quería saber si yo era antigua en el barrio, cuántos años tenía mi quiosco, qué tal eran los vecinos... Tardó unos diez minutos hasta que por fin soltó lo que se traía entre dientes: me ofreció trabajo de guía. Suena raro, sí, pero eso es lo que quería. Que yo oficiara de *abrepuertas.* Tenía la impresión de que conmigo iba a lograr que la gente le contara lo que no le había dicho a los otros periodistas.

Honestamente, no sé bien por qué acepté. No fue por la plata, de eso no tengan duda. Lo que me ofreció no era suficiente para tentar a nadie. Creo que me gustaba la idea de ver cómo trabaja un periodista, que me hacía sentir importante guiarlo por el barrio. O tal vez no fue más que la excusa para abandonar la rutina por un par de horas diarias. Eso fue lo que acepté: solo un par de horas al mediodía, cuando mi prima solía reemplazarme en el quiosco.

Sé que ustedes van a preguntarse después por qué no le dije todo lo que sabía. Tampoco me resulta fácil explicar eso. En verdad, intenté algo en un principio. Pero el hombre no me escuchaba. Estaba demasiado sumergido en sus razonamientos para prestarme atención. Demasiado convencido de su inteligencia para considerar las opiniones de una persona común y corriente como yo. Entonces no dije nada más: decidí dejar que siguiera el camino que se había trazado. E hice otra de mis apuestas mentales: veamos quién llega más lejos.

Aquel día lo conduje a donde quería ir. Al taller de Ramón, como yo había imaginado. Francamente, en este caso no hacía falta guía alguna: Ramón habla hasta con las piedras. Pero igual cumplí con mi rol y los presenté. No se hizo rogar: volvió a decir, como infinitas veces antes, que entre esos dos chicos "algo raro había". Cada vez que lo hace levanta las cejas insinuante, como para darle un sentido oscuro a ese "algo". Pero no hace más que repetir las palabras del padre de Marcelo que, francamente, nunca entendió nada. ¿Por qué tiene que extrañarle a alguien que dos chicos que se conocen desde siempre sean amigos?

—¿Pero cómo que se conocían desde siempre? –interrumpió desconcertado el periodista narigón cuando captó la esencia del asunto–. ¿No era un romance secreto?

—En realidad –dijo nervioso Ramón, a quien no le gusta nada contradecir la versión de Clori–, ellos tenían ya de chicos una relación rara, pero cuando crecieron todo se volvió un misterio.

Si me preguntan a mí, misterio no había ninguno. Dos chicos de la misma edad que viven apenas a una cuadra de distancia y se hacen amigos.

Pero Ramón insistió con las anécdotas supuestamente "extrañas": le contó al narigón que cuando tenían apenas cuatro años se encontraban en la plaza y se pasaban toda la tarde juntos, ignorando a los otros chicos. O que a los seis se tomaban de la mano para cruzar la calle. Y que no eran como los demás chicos que a esa edad no soportan a los del sexo opuesto. Ellos, siempre pegados. Sospechosamente unidos. Hasta se llamaban todos los días por teléfono.

A mí siempre me irritó escucharlo hablar así: ¡si ni siquiera los conoce! Pero Ramón es como un eco del padre de Marcelo. Y más que un eco, un admirador.

—El padre fue el único en darse cuenta de que algo raro se cocinaba, el único que vio venir lo que sucedería esa noche –proclamó–. La madre, en cambio, insistía con que eran amigos y listo. ¡Amigos! Si a los once años se pasaban juntos todos el día, de un lado para el otro. Si la propia familia dice que el pibe estaba descuidando los estudios. No, a mí no me vengan con cuentos. Entre esos dos ya había algo más que amistad: y si no, ¿por qué se fueron sin avisar?

"Para no oír pavadas como esta", le habría respondido yo.

Pero antes de seguir avanzando quisiera decir algo: para mí buena parte de la culpa de lo que sucedió la tienen los que hablan sin saber. Los padres, los vecinos, los chismosos. Ese tipo de gente que se pasa la vida anticipando que algo malo va a suceder. Los que piensan que un adolescente siempre está al borde de la catástrofe. Si alguien se hubiera tomado el trabajo de preguntarles, de buscar las respuestas en lugar de inventarlas, entonces las cosas nunca habrían llegado a donde llegaron.

Pero otra vez me estoy precipitando. Mejor volvamos al taller. Porque el narigón quería saber más. Más sobre cómo se desencadenaron los hechos.

Eso nos llevó de nuevo a aquella famosa noche. Es cierto que los chicos faltaban desde el día anterior de sus casas, contó Ramón, pero hasta ese momento parecía haber una buena explicación. Los padres de Marcelo creían que se había quedado a dormir en la casa de un amigo y volvería de un momento a otro. Por eso no estaban preocupados hasta que sonó el teléfono. El que llamaba era el padre de la chica, quien había descubierto todo.

—¿Cómo? –volvió a desconcertarse el periodista–. ¿Los padres se hablaban? ¿No era que un mundo separaba a los chicos?

—Bueno –se apresuró a aclarar Ramón–, las familias eran vecinas. Se hablaban lo indispensable, nada más.

—Estaban peleados. Había una guerra familiar que duraba años. ¿O no?

El narigón parecía ponerse nervioso.

—Había existido una disputa, sí –lo tranquilizó Ramón–. Muy dura, es cierto, pero ya habían pasado varios años. Para ese momento las cosas se habían enfriado un poco.

—Y además los padres de la chica eran ricos y los del chico pobres –insistió el periodista.

—Ricos, lo que se dice ricos, no diría, pero tienen una excelente propiedad, casi diría una mansión. Y sí, los padres del chico están en una posición económica mucho peor.

Hay que decir algo a favor de Ramón, y es que se esfuerza por complacer a su público. ¡Excelente propiedad! ¡Por favor! Por supuesto que yo –como el noventa por ciento del barrio– fui a mirar la casa donde todos decían que vivía Julieta. Y de mansión no tiene nada: apenas una casa agradable, dos plantas, un jardincito. Según me dijeron, Marcelo vive a una cuadra, en uno de los típicos edificios de la zona. Un buen edificio. Si me preguntan a mí, entre una y otra casa no hay gran diferencia.

Pero retomemos el relato de Ramón. Resulta que el padre de la chica literalmente se tropezó con el problema. Fue así: cuando a las seis de la tarde de ese sábado no había aparecido, la familia empezó a inquietarse. Entonces el padre decidió salir a caminar y de paso tocar el timbre en la casa de la amiga donde supuestamente estaba su hija. Claro que se asustó cuando la propia amiga lo atendió y le dijo que no, que no estaba allí ni había estado el día anterior. Volvía con la mirada en el suelo, pensando cómo decirle a su mujer lo que sucedía sin que le diera un ataque de histeria, cuando chocó violentamente contra un tipo en la mitad de la acera.

—Disculpe –dijo, frotándose el brazo que había dado contra el codo del otro–, no lo vi.

—Disculpe usted –le respondió el otro–. Es que estaba distraído, con esos chicos allá arriba.

—¿Qué chicos?

Solo entonces el padre de la chica se dio cuenta de que había un montón de gente parada en la puerta de ese edificio y que todos miraban hacia arriba.

—Ahí, en la cornisa. Son unos adolescentes que al parecer se quieren suicidar –agregó el hombre bajando la voz–. Me dijeron que sus padres no aceptan la relación: les rompieron el corazón.

Claro, él también se puso a mirar para arriba. No los reconoció de inmediato, pero hubo algo en la imagen de esos dos chicos que lo inquietó. A su lado, una mujer acababa de traer unos prismáticos de su casa, para no perderse ni un detalle del asunto, y él se los pidió prestados. Sobre lo que pasó después, admite Ramón, las versiones difieren: algunos dicen que cayó redondo apenas los vio. Otros, que solo se le aflojaron las rodillas y alcanzó a decir que le estaba bajando la presión. Pero todos están de acuerdo en que fue la señora Chan, la dueña del autoservicio de enfrente, la que sacó una silla para que el pobre hombre se sentara.

La noticia de que el padre de la chica estaba allí corrió más rápido que la luz. La gente se acercó a mirarlo como a un mono en el zoológico y hasta hubo quienes tuvieron el atrevimiento de criticarlo por querer interponerse en la relación entre los dos chicos. Porque durante todo ese tiempo, la historia había volado de boca en boca en la multitud: que era un romance puro y apasionado, que sus familias no los entendían, que los chicos preferían morir antes que separarse.

—El hombre sin duda estaba bajo *shock* –interpretó Ramón– porque parecía no entender nada. "Qué relación", decía. "De qué me hablan".

—Entonces fue cuando le habló a la chica por el megáfono –especuló el narigón.

—De eso no sé nada –admitió Ramón–, pero tal vez la señora Chan, que estuvo desde el principio, lo sepa.

El periodista anotó "señora Chan" en su libreta para no olvidar consultarla, pero Ramón seguía adelante. El relato se acercaba al final: iba por la parte en que los bomberos habían subido a la terraza y un psicólogo especialmente entrenado en resolver esas situaciones intentaba disuadir a los enamorados de dar el paso fatal. Fue un final de película, dice siempre Ramón, porque los chicos empezaron a caminar lentamente por la cornisa y todo el mundo temía que un resbalón convirtiera la historia en una verdadera tragedia.

—Los bomberos habían extendido una soga para que se sujetaran y pasito a paso finalmente llegaron al otro lado. Ahí los agarraron, no fuera que les diera por tirarse en el último momento. Por supuesto, abajo todo era una fiesta: la gente gritaba, aplaudía, se abrazaba. Los autos hacían sonar las bocinas y los *flashes* de los fotógrafos iluminaban la noche. Y así fue como terminó.

—¿Y los gatos? –preguntó el periodista.

—¿Qué gatos?

—Me dijeron que había unos gatos que tienen una importancia fundamental en la historia.

—Algo oí –dijo precavido Ramón–, pero yo no creo que sea tan importante.

Esta vez el narigón decidió no insistir. Por supuesto hizo más preguntas: quería saber cuándo la amistad se había convertido en amor, si era verdad que los chicos se habían fugado porque sus padres les impedían verse y si después de todo el escándalo el noviazgo seguía en pie. Ramón contestó vaguedades. Es que, francamente, no tenía ninguna respuesta. Debo admitir, sin embargo, que al final tuvo un gesto de grandeza: se negó rotundamente a darle los nombres reales y las direcciones al periodista.

—En el barrio queremos que los chicos puedan vivir en paz –afirmó solemne.

Creo que no tenía ni idea de lo que estaba diciendo, pero no hay duda de que sonó bien.

4 *Catalina*

CATALINA se crió entre papeles, lapiceros y transportadores. Es la hija de María Marta, la dueña de la librería, y fue allí donde empezó a gatear y aprendió a hacer cuentas, aun antes de ir a la escuela. Siempre me pareció una nena simpática Catalina, pero tiene un problema: habla demasiado. De modo que yo sabía a lo que me arriesgaba cuando entré esa tarde dispuesta a encontrarla. No era inocente mi paso por allí, lo admito. Es cierto que necesitaba tinta para la impresora, pero el verdadero motivo de la visita era que yo había oído decir que Catalina conocía a Julieta. Pero de esto al narigón no le dije ni una palabra.

Cuando llegué ella combatía el aburrimiento ordenando los cuadernos por color y tamaño. Por suerte su madre estaba haciendo el inventario y no nos interrumpió. Conversamos un poco sobre la lluvia de esa mañana y sobre la heladería que estaban por abrir en la otra cuadra, hasta que al fin fui al grano. Le pregunté si la conocía.

—Tal vez sí y tal vez no –me contestó.

—¿Y eso qué quiere decir?

—Que no estoy segura.

Me contó que, como todo el mundo, había estado muy atenta aquella noche a las imágenes de la televisión. Pero era imposible distinguir las caras, se lamentó, estaban muy lejos. Sin embargo, cuando al otro día en su escuela empezó a correr la versión de que la chica era Carla, a ella le pareció posible. Coincidía el pelo, dijo, largo y castaño.

—¿Pero no le preguntaron?

—Claro que le preguntamos y ella lo negó. Pero eso no significa nada.

Catalina me dio entonces una larga explicación sobre el asunto de los grupos. Que podría resumirse así: entre las chicas de 7.º A había dos grupos. El de Lisa y el de Sole. También había algunas que no estaban en ningún grupo, pero ella, Catalina, sí: estaba en el de Sole. Y Carla en el de Lisa. Evidentemente, entre los dos grupos había una cierta hostilidad. Se dedicaban, como objetivo básico, a hacer caer a las otras en bromas pesadas. Por eso no era sencillo saber la verdad.

—¿Pero vos qué pensás? –me impacienté–. ¿Es o no es Julieta?

—No sé. Cuando oí el rumor pensé que sí, que era posible. Carla en esos días había estado bien extraña. Entonces la historia se conoció y ella lo negó porque no quería que nosotras, las de Sole, lo supiéramos. Pero después pensé que a lo mejor era al revés. Que ellas, las de Lisa, hicieron correr el rumor para que nosotras nos lo creyéramos, y que Carla lo negó porque sabía que así nosotras íbamos a pensar que era verdad. ¿Entendés?

Les confieso que a esa altura yo estaba bastante mareada. Intenté cambiar el ángulo del asunto y le pregunté si existía un Romeo. O sea, si Carla tenía un novio o algo parecido.

—Tal vez sí y tal vez no –repitió.

—¿Qué querés decir? –pregunté, ya exasperada.

—Que había un chico que le gustaba, pero con ese no pasó nada. Y hay otro con el que ella siempre está y esa historia es rara.

Una vez más, la explicación fue larga. Durante sexto grado, todos suponían que a Carla le gustaba Manuel y que a Manuel le gustaba Carla. Pero según los rumores a Carla dejó de gustarle Manuel y él se puso de novio con Laura. Algunos decían que lo hacía para darle celos a Carla y que en realidad a ella seguía gustándole él y a él ella. Pero además Carla siempre estaba con su primo, el de 7.º B. A nadie le parecía raro que fueran y vinieran juntos, ni que conversaran en los recreos, justamente porque eran primos. Un día Lucía, que no es ni del grupo de Sole ni del de Lisa, le pidió que se lo presentara, porque el primo le parecía bastante lindo, y Carla dijo que sí, que no había problema, pero al final no se lo presentó. Y otro día al primo casi lo mata el portero porque arrancó una flor del macetero y todos dijeron que era para Brenda, también de 7.º B, pero después Carla explicó que no, que era porque ese día la madre de su primo cumplía años y él se había olvidado de comprarle un regalo.

—¿Y todo eso qué tiene que ver? -pregunté yo, agotada.

—Que después supimos que el primo de Carla no era de verdad su primo. Entonces, es raro.

—¿Por qué?

—Porque si dicen que son primos pero no

son primos significa que ellos quieren que todo el mundo *crea* que son primos. Porque tal vez son otra cosa. ¿Entendés?

—Entiendo –dije, pero entendía bastante poco.

Recién entonces se me ocurrió preguntarle cómo se llamaba el primo que no era primo.

—Marcelo –me contestó–, igual que un amigo mío que tenía una historia rarísima. Si querés te la cuento.

Pero le dije que no, gracias. Ya tenía lo que quería. Romeo y Julieta eran Marcelo y Carla. Yo estaba segura. Bueno, casi segura.

5 *Reinaldo*

AL día siguiente fuimos a la escuela. Para no sentirme tan mal, yo le había contado que, según una versión llegada a mis oídos, Romeo y Julieta estudiaban ahí. Pero en el camino, el narigón se mostró profundamente escéptico.

—¿Cómo van a estar en la misma escuela si pertenecen a mundos distintos? –me preguntó–. ¿Cómo los padres los van a mandar juntos, cuando una disputa tan profunda divide a las familias? No –meneó la cabeza–, tu dato no puede ser correcto.

Yo apenas le contestaba. Es que no quería hablarle de Catalina, porque de lo contrario él iría a molestarla. De modo que intenté darle algunas pistas que lo orientaran, sugiriéndole dónde preguntar. Él, sin embargo, me cortó de plano.

—Te agradezco la intención –dijo–. Pero es suficiente con que hagas de guía. Yo me arreglo muy bien para buscar a mis informantes.

Es un idiota presuntuoso, pensé. Desde ese momento decidí convertirme en simple observadora, ser apenas una testigo de la forma en que el hombre erraba una y otra vez el camino.

En la escuela, por ejemplo, solo quería confirmar sus propias ideas. Por eso la negativa cerrada de Felicitas Dorrego, la directora, lo tranquilizó.

—De ningún modo, señor –le dijo ella, acentuando sus palabras con golpes del lápiz contra su escritorio–. Aquí los únicos Romeo y Julieta que hemos visto han sido los de Shakespeare. También a Otelo, a Hamlet, a Julio César, a Ricardo...

Por un momento, temimos que la directora nos recitara todos los personajes de Shakespeare sin respiro. Pero por suerte ella detuvo la enumeración y volvió a golpear con su lápiz.

—Aquí, señor, los chicos vienen a estudiar. Es-tu-diar. Y además, le recuerdo que esto es una escuela primaria. Pri-ma-ria. De modo que los chicos mayores tienen doce años. Do-ce. Supongo que lo que usted busca es otra cosa.

—Do-ce –repitió como un autómata el narigón–. Claro que no, no puede ser aquí.

Así que le dio las gracias a la directora y caminamos hacia la puerta. Pero como el narigón es un periodista que se precia de no quedarse con una sola versión de las cosas, antes de irse dimos unas vueltas por allí. En la sala de maestros estaba la señorita Mariela, la de 6.° B, que aprovechaba para corregir pruebas mientras sus alumnos tenían clase de Educación Física. Él se presentó y a boca jarro le preguntó si sabía algo de Romeo y Julieta.

—Es una obra dramática de William Shakespeare en cinco actos –dijo sin levantar la cabeza de las pruebas.

—Eso ya lo sé –protestó el periodista–. Me refiero a esos chicos que se subieron a la cornisa. Alguien me dijo que son de esta escuela. Usted seguramente habrá oído algo...

—Qué Romeo ni qué Julieta, yo tengo treinta y cuatro pruebas para corregir y después una hora y media de viaje hasta la otra escuela, donde doy otras dos horas de clase a treinta y un salvajes que ni se imagina lo que son. Otra que *Romeo y Julieta.* Lo que a mí me tocó es *La tempestad* y siempre estoy arriba del barco.

Al fin, el periodista logró que la señorita

Mariela se calmara y le contara que sí, que por allí se habían oído muchos comentarios sobre la historia de la cornisa y que se había especulado con que los protagonistas eran tal o cual, pero que todo eso no pasó de versiones. Y que, personalmente, ella creía que esos chicos no estaban en esta escuela.

El narigón me miró con la cara de orgullo del que ha cumplido con su deber: el dato, opinó altanero, estaba equivocado. Pero cuando estábamos a punto de poner un pie en la calle, nos encontramos con Reinaldo, el portero. Yo lo conocía y me detuve a saludarlo.

Les cuento que Reinaldo es la persona con más antigüedad en la Escuela n.º 18 y también el de más memoria. El 27 de marzo pasado las maestras le festejaron los veinticinco años en la institución con gaseosas, papas fritas y una torta donde se leía en letras de azúcar: "Felicidades, Rey". Porque así es como le dicen: Rey. En ese festejo tuvieron que escuchar durante una hora y diez minutos las mejores anécdotas de los veinticinco años, incluyendo la de 1979, cuando hubo que desalojar la escuela por un escape de gas y Pablito Torres, de 3.º A, se quedó solo, encerrado en el baño, hasta que Reinaldo regresó para sacarlo. Y aquella de la directora a la que le decían Juana la Loca, que en 1985 se presentó en la escuela en camisón sin darse cuenta y nadie se atrevía a decírselo.

Reinaldo lo sabe todo. También sabía por qué estábamos allí.

—Usted es el periodista que anda buscando información sobre Romeo y Julieta –le dijo al narigón.

—Sí –admitió él–, pero la directora ya me explicó que no son alumnos de esta escuela.

—Dicho con todo respeto, doña Felicitas no se entera de lo que pasa bajo sus narices –respondió Reinaldo–. Si quiere, yo puedo contarle.

De modo que el narigón no tuvo otro remedio que sacar su libreta y escuchar lo que Reinaldo tenía para contar. Que era mucho. Para empezar, que los chicos sí iban a esa escuela. Que el pibe estaba en 7.º B y tenía un hermano menor en 2.º A. Que solía llegar siempre sobre la hora, cuando el timbre ya estaba tocando, y él lo veía correr la última cuadra arrastrando la mochila. Que era un chico gracioso, siempre con una salida ocurrente.

—A mí me dicen Rey, pero él me llama Su Alteza real.

—Bueno, sí –se impacientó el periodista–, ¿pero cómo sabe que es Romeo?

—Aquí uno se entera de muchas cosas. Yo soy una persona muy observadora y ato cabos. Entre los cabos atados estaba el viaje. Aproximadamente una semana antes de que estallara el escándalo, dijo Reinaldo, el chico se le acercó y le preguntó cómo llegar hasta Bella Vista. Porque sabía que el portero viajaba hasta allí casi todos los fines de semana para visitar a su hermana.

—Yo le di instrucciones muy exactas y hasta le regalé un papel con los horarios de los trenes.

—¿Pero para qué quería ir a Bella Vista?

—Él me dijo que tenía unos amigos allá. Pero cuando sucedió el asunto de la cornisa, yo oí decir que ellos primero se habían fugado. Y sumé dos más dos: la fuga, no tenga usted duda, fue hacia Bella Vista.

—Ajá –dijo el periodista no del todo convencido–, ¿y la chica?

—¿Qué pasa con la chica?

—Digo, si usted la conoce.

—A ella la tengo menos ubicada, pero creo que es una flaquita de pelo largo de 7.º A. Varias veces los vi irse juntos. Pero también lo he visto conversando con otra chica, una rubia, así que de ese punto no estoy tan seguro. Pero le voy a contar algo que le va a interesar: un día agarré al pibe cortando una flor de uno de los maceteros. Yo le grité: "¡No me cortés las flores!". Pero él se rió y me dijo: "Disculpe, Su Alteza, pero es una emergencia". ¿Qué me dice? Es obvio que está enamorado.

Al periodista le gustó la historia y la anotó velozmente en su libreta. Pero seguía sin sentirse convencido.

—No sé –dijo meneando la cabeza–, estos tienen solo doce años. Son muy chicos para haber protagonizado la historia de la cornisa.

—¿Chicos? No, usted no sabe lo rápidos que son ahora los de doce –contestó Reinaldo–. A usted, por ejemplo, le dan vuelta y media.

6 *Isabel*

LA historia de los gatos fue para mí un rompecabezas que fui armando de a poco. Lo principal, sin embargo, lo supe de casualidad. Un día estaba en el banco, haciendo la cola para pagar la cuenta del teléfono, cuando me enfrasqué en una de esas conversaciones sin demasiado sentido. Todo fue porque alguien había dejado afuera un perro atado que ladraba como un condenado y la señora que estaba antes que yo en la fila se quejó del ruido. Nos pusimos a hablar de perros y gatos: si unos son más compañeros, si los otros son más limpios, en fin esas cosas un poco tontas que uno puede comentar en la cola del banco. Enseguida Isabel –así se llamaba la señora– empezó a contarme con lujo de detalles las anécdotas de su gata. Era evidente que la adoraba.

—Mire –dijo de pronto–, se la muestro.

Y sacó su billetera. Allí donde la gente suele tener el retrato de sus hijos o nietos, ella guardaba la foto de su gata. Fue curioso, porque enseguida tuve la sensación de que ya había visto esa imagen: la gatita blanca sobre un sillón, con un lazo rojo en el cuello. Se lo dije.

—Claro –contestó Isabel–, probablemente la vio porque esta foto formaba parte de un cartel que estuvo hace poco pegado en las paredes y postes del barrio.

Y ahí nomás me empezó a contar la historia de cómo su gata una noche había desaparecido. Admito que al principio no le presté demasiada atención. Pero de pronto dijo algo que me sobresaltó: mencionó a un gato llamado Molesto.

—¿De verdad se llama Molesto? –pregunté.

—Sí, suena raro, pero así le pusieron. Y fue por culpa de ese gato que mi Meli se escapó. Ella es una gata muy decente y nunca se hubiese ido sin un buen motivo.

Me costó sacarle a Isabel un relato ordenado de los hechos. Pero la cosa era más o menos así. La gata solía salir por la ventana de la cocina cada noche: saltaba a la terraza, para dar apenas una vueltita. Hasta que una noche salió y no volvió. Cuando a la mañana siguiente Isabel fue a buscarla, tremendamente preocupada, se encontró en la terraza con la chica del tercer piso, Carla, y un amigo. Así me enteré de un dato fundamental: Carla, o sea Julieta, es vecina de Isabel.

—¿Y el amigo quién era? –pregunté, disimulando mi ansiedad.

—Se llama Marcelo. Un buen chico, le digo.

Aquella mañana en la terraza, los chicos le explicaron a Isabel que también ellos buscaban un gato. Que casualmente se había escapado la misma noche que Meli.

—Después me di cuenta de que ellos lo habían provocado todo –suspiró–. Tienen cada idea estos chicos...

Lo cierto es que Isabel nunca supo toda la verdad sobre los gatos. Fue tal la impresión que le produjo la ausencia de Meli que se quedó como petrificada en la terraza vacía.

—A mí casi me da un ataque –admitió.

Bastaba mirarla para saber que era cierto. Asustados, los chicos se comprometieron a encontrar a ambos gatos. Se lanzó entonces la Operación Búsqueda. Que básicamente consistió en elaborar cien carteles con las fotos de los dos gatos y pegarlos en cuanto pedazo libre de pared encontraron a su paso. Allí, bajo la palabra "Buscados" aparecía una descripción y el número de teléfono adonde debía llamar quien los viera. Solo que no llamó casi nadie. En todo el fin de semana hubo solo tres llamadas, me dijo Isabel. La primera era de una loca que aseguraba que los gatos eran unos tales Bastet y Zekhmet y que su huida anunciaba que llegaba la serpiente del caos. La descartaron. En la segunda, la voz al otro lado no tenía más de seis años: dijo que había visto cuando los gatos eran robados por una maligna mujer que vestía un abrigo de piel a pintitas.

—Este acababa de ver *Los 101 Dálmatas* –dijo Marcelo después de cortar.

La tercera llamada les permitió abrigar alguna esperanza. Una chica creía haber visto a uno de los gatos cuando entraba en una obra en construcción junto a su casa. Hacia allá partieron Marcelo y Carla. Se metieron en la obra, se ensuciaron de pies a cabeza y la cara de Marcelo quedó cubierta de rasguños al intentar agarrar a un gato al que confundió con Molesto. Volvieron con las manos vacías. Sucias, pero vacías.

Entonces decidieron terminar con la búsqueda. Fue cuando se fugaron.

—¿Se fugaron? –dije yo interesada, porque hasta ese momento no había oído más que rumores sobre esa supuesta fuga.

Pero Isabel no me podía contar nada interesante. Solo supo que habían partido hacia algún lugar lejano sin avisar y que luego aparecieron los gatos, pero en el medio se armó el gran escándalo. En esta parte del relato bajó la voz.

—¿Se acuerda esa noche en que vinieron los canales de televisión porque había dos chicos en una cornisa? ¿Esos que todos llamaban Romeo y Julieta? –me preguntó–. Bueno, ellos eran los chicos.

Me hice la sorprendida.

—¿Pero realmente se querían tirar?

—No creo... –dijo sacudiendo la cabeza–, se ven tan alegres estos chicos. Todos dicen que los padres los querían separar, pero yo de eso no sé nada. Ni me atreví a preguntar. A mí me bastó con que devolvieran a mi Meli.

Empezó a despedirse, porque le había llegado su turno en la fila, pero la detuve para una última pregunta.

—Dígame, Isabel, ¿ellos están de verdad tan enamorados?

Sonrió.

—Cuando uno los ve, así de primera impresión, no parece, pero hoy en día los chicos son distintos. Yo diría que sí, que están muy enamorados.

7 *La señora Chan*

Si en algo le serví al narigón fue para allanarle el camino con la señora Chan. Lo atendió solo para complacerme a mí, que soy su clienta. Hasta ese momento había echado a todos los periodistas que se aparecieron por allí con una única explicación:

—Hablar no. Poco tiempo, mucho trabajo.

No es sencillo para nadie mantener una conversación sin interrupciones con la señora Chan. Hay que reconocer que el narigón desplegó una buena dosis de paciencia para tomarle unas declaraciones mientras ella embolsaba galletitas, pesaba tomates, ponía precios y atendía a sus clientes. Y clientes tiene muchos: desde que abrió hace un año, cuando vino de Corea, el autoservicio está siempre lleno. Es que, por mucho que le moleste a Clorinda que uno diga esto, sus precios son considerablemente más bajos. Así que podrán imaginarse la bronca que le dio a Clori que fuera precisamente la señora Chan la que primero vio a los chicos y llamó a la policía. Tanta bronca le da que nunca la menciona en su relato y hasta es capaz de negar su participación rotundamente si alguien lo sugiere. Pero no tengan duda: fue ella quien los vio.

—Ahí, ahí –le dijo al narigón señalando la terraza del edificio de enfrente–. Juntos. Ahí parados. En el borde.

Aunque aprendió español extraordinariamente rápido, la señora Chan sigue hablando de una manera extraña, con frases muy cortas que no siempre parecen tener relación entre sí. Tal vez por esto el periodista no la tomó muy en serio. Grave error, si me preguntan a mí. Porque fue sin duda ella quien mejor vio las cosas. Intentó decirle, por ejemplo, que los chicos allá en la cornisa parecían querer *avanzar* hacia algún lado, pero él no la escuchó.

—Entonces vinieron la policía y los bomberos –la interrumpió impaciente.

—Y curiosos. Y periodistas. Y vendedores. De gaseosas, de helados. Pero yo vendí más. Mejores precios.

—Ajá –se impacientó el periodista–, pero los padres, ¿qué hicieron?

Ella se lo explicó con calma: primero llegó el padre de la chica, y estuvo a punto de desmayarse. Entonces ella sacó una silla, esa verde oscuro, y se la prestó. Otra persona le prestó un teléfono celular, que usó para llamar a su mujer. Y también a los padres del chico. Al rato estaban todos acá, junto al negocio, mirando hacia arriba. Nerviosos, temblando estaban. Una de las mujeres lloraba. El padre del chico decía que si no se mataban ahí arriba los mataba él cuando bajaran. Entonces subieron los bomberos.

—Y el padre de la chica habló con el megáfono –quiso guiarla el narigón.

—Ningún megáfono.

—¿Cómo que ninguno? A mí me aseguraron que el hombre los convenció de no saltar hablando por un megáfono.

—¿Inventa o le cuento? –se enojó la señora Chan.

El periodista se calló. Ella le explicó entonces que, mientras el comisario de la zona intentaba tranquilizar a los padres, subía a la terraza un grupo de bomberos liderados por un tal Piedrabuena. Un experto, al parecer. Al menos eso decía el comisario: que ese hombre iba a conversar con los chicos e iba a lograr que se bajaran de la cornisa. Y efectivamente, al rato los chicos empezaron a moverse de a poquito hacia la terraza. A la gente ya le dolía el cuello de tanto mirar para arriba, pero nadie les sacó los ojos de encima. Hasta que dieron el último paso y hubo aplausos, y abrazos, y llantos.

—¿Y mientras tanto los padres se hablaban? –preguntó el narigón.

—Claro –respondió la señora Chan.

—Pero estaban peleados –insistió él–, una disputa muy fuerte que había dividido a las familias.

—¿Fuerte? –sonrió la mujer–. No, un farolito.

—¿Cómo un farolito?

—Sí, chocaron. Hace mucho. Uno rompió el farolito del auto a otro. Estacionando. Se enojaron un poco. Gritaron.

—¿Solo eso?

—Sí. Después tomaron cervezas. Allá, en el bar. Y listo, amigos.

El periodista la miró desconfiado. A esa altura ya no le creía demasiado. Por eso no se la tomó en serio cuando ella quiso explicarle lo que hasta entonces nadie había contado: que esa noche ella también había visto *llegar* a los chicos. Y entrar en el edificio.

—Querrá decir que vio a uno de ellos –la corrigió el narigón–. Porque primero llegó la chica y después el muchacho. Él la encontró ya parada en la cornisa.

—Nada que ver –dijo la señora Chan–. Llegaron juntos. Los vi. Y venían con otro. Un hombre.

—Eso es imposible, señora –reaccionó irritado el periodista–. Todo el mundo me aseguró que la chica llegó primero. Ella ni siquiera sabía que el muchacho iba a venir.

La señora Chan pareció enojarse.

—Como quiera –dijo, y se puso a limpiar el mostrador sin dirigirle una mirada más al narigón.

Él salió deprisa del autoservicio y yo lo seguí. Pero casi no hablamos. Ni siquiera se había dado cuenta en todo ese tiempo de que atrás, ordenando unas cajas, estaba el Cabezón, que podría haberle contado algunas cosas muy interesantes para su investigación. Aunque tal vez fue mejor así.

8 *El Cabezón*

QUISIERA poder decirles su nombre real, pero les confieso que no lo sé: para mí, y para el resto del barrio, siempre fue el Cabezón. Es posible que ni él mismo lo sepa. La señora Chan lo llama sencillamente "Cabe". Y lo llama a cada rato, porque el Cabezón hace un poco de todo en el autoservicio: corta fiambre, acomoda la mercadería, cobra, atiende el teléfono. Y cuando no hay nada que hacer, mira la calle. Por eso vio muchas cosas aquella noche.

A mí me lo contó un día mientras me cortaba el queso para los sándwiches. No sé si les comenté que yo en el quiosco vendo sándwiches. Empecé hace pocos meses y funcionó bien, sobre todo al mediodía, cuando hay un montón de gente en busca de un almuerzo barato. Al principio me animé solo con los de jamón y queso, y ahora ya tengo treinta y tres variantes.

Bueno, pero esto a ustedes no les interesa. Les decía que el Cabezón estaba cortando el queso cuando salió el tema de Romeo y Julieta. Me dijo que él los había visto llegar antes que nadie, incluso antes que la señora Chan. Que estaban los dos chicos y un muchacho mayor, que a él le resultaba vagamente conocido, como si lo hubiera visto en el barrio.

—Entonces –pensé yo en voz alta–, si llegaron juntos, no es cierto que el chico la encontró allí, en la cornisa. Ni es cierto que ella había decidido tirarse. ¿Pero para qué subieron?

El Cabezón se encogió de hombros.

—Tal vez para fingir que se iban a tirar.

—Claro –asentí–. Entonces ellos *querían* que los vieran. Quizá pensaban que así convencerían a los padres.

—Pero cuando llegaron no fueron al edificio donde pasó todo –me aclaró el Cabezón– sino al de al lado.

—¿Cómo?

—Sí, estuvieron un rato tocando el timbre en el edificio de al lado, pero nadie les abrió. Estoy muy seguro porque hubo algo que me llamó la atención: el tipo tenía un mono en el hombro.

—¿Un qué?

—Un mono, chiquito.

—Andá, no te creo.

Pero me lo juró: por su madre y por Boca Juniors, así que le creí. La cosa había sido así: los tres llegaron en una camioneta, que manejaba el muchacho del mono. Conversaron un rato, ahí en la acera, mientras esperaban que alguien les abriera. El monito, que según entendí era un tití, chillaba cada tanto un poco y el tipo lo acariciaba. Entonces, dijo el Cabezón, se produjo la discusión.

—¿Los chicos se pelearon? -pregunté.

—No, apareció una mujer y se puso a gritar.

—¿Quién era?

—No tengo idea. Solo oí que decía: "¡No lo voy a permitir!".

—¿Sería la madre de alguno de los chicos? A lo mejor quería evitar que subieran a la cornisa.

—Tal vez. En un momento me pareció que el muchacho los protegía: se ponía delante de ellos, intentando cubrirlos. Después la mujer levantó el dedo, como amenazándolos, y se fue. Ellos caminaron hasta el edificio de al lado y tocaron el timbre. Enseguida les abrieron.

—Y después los viste en la terraza –deduje yo.

—Pero pasó mucho tiempo. Primero vi salir otra vez al tipo del monito. Se subió a la camioneta y se fue. Y un rato más tarde empezó todo: cuando estábamos por cerrar, la señora Chan vio a los chicos en la cornisa.

Se entiende que ese día el autoservicio cerró sus puertas más tarde que nunca. Porque empezó a llegar gente y más gente, hasta que se formó una multitud nunca vista en el barrio. Era más o menos el horario de la cena, pero nadie quería volver a su casa y perderse el final de un asunto tan apasionante, así que muchos entraron a comprar algo para matar el hambre: un alfajor, unas galletitas, unas bebidas. Y la señora Chan no iba a desaprovechar la ocasión, por lo cual ese día el local estuvo abierto hasta entrada la noche. El Cabezón, por supuesto, no se perdió detalle: vio la escena final en la cornisa y también cuando llegó una ambulancia y los médicos fueron conducidos a donde estaban los chicos, para revisarlos. Después subieron los padres, junto con la policía. Y como no pasaba nada más, la gente se empezó a ir. De a poco, la multitud se fue desarmando, los cámaras levantaron sus equipos, y llegó la hora de cerrar. Ya no había nadie en la calle cuando el Cabezón, que estaba bajando la cortina, los vio salir. Los cuatro padres y los dos chicos.

—¿Todos juntos?

—Sí, aunque nadie hablaba. La chica, con sus padres, caminaba más adelante. Después iba la otra pareja, y al final, solo, el chico. Pero había algo muy extraño. Y esto nadie lo sabe.

Me dio un escalofrío de pura emoción.

—¿Qué?

—Que cada chico tenía en sus manos un gato.

9 *Carlitos*

AL bombero Piedrabuena lo buscó toda la prensa del país. Había un buen motivo: era un protagonista clave en la historia de Romeo y Julieta. Fue él quien conversó con los chicos en la terraza en aquellos momentos culminantes. ¿Qué le contaron? ¿Cómo los convenció de bajar de la cornisa? En esos días, las respuestas a estas preguntas valían oro. Las autoridades de la Policía y los Bomberos habían aprovechado la difusión que tuvo el caso para alardear sobre la efectividad de sus métodos: gracias a la profesionalidad de sus hombres, decían, todo se había resuelto felizmente. Pero eso a nadie le interesaba: lo que los periodistas querían era hablar con Piedrabuena. Y Piedrabuena no hablaba. Aún hoy no sé si su actitud respondía a la prudencia o al temor a hacer un papelón.

Lo cierto es que el narigón tuvo que buscar a alguien más que diera cuenta de lo que había sucedido allá arriba. Fui yo quien le habló de Carlitos. Porque en el barrio todo el mundo lo conoce: Carlitos es el hijo de don Crespi, el dueño de la verdulería. Por las mañanas ayuda a su padre a despachar. Y por las noches es bombero voluntario. Un flamante bombero, diría: cuando todo sucedió no hacía ni dos semanas que se había enrolado. Por eso me permito dudar de su verdadero conocimiento del caso. No crean que yo quiero hablar mal de él, todo lo contrario. Pienso que es un excelente muchacho: atiende muy amablemente a los clientes y jamás aprovecha una distracción para meter, por ejemplo, una manzana podrida en la bolsa. Pero sobre su rol aquella noche me quedan algunas dudas.

Según pude saber después, fue así: Ricardo Piedrabuena fue convocado como experto en el manejo de presuntos suicidas. Junto con él subieron a la terraza varios bomberos para respaldarlo. Pero como Piedrabuena no quería asustar a los chicos, se aproximó solo y el resto quedó al fondo. Entre ellos estaba Carlitos.

—Eran unos chicos raros –le dijo al periodista narigón, cuando lo encontramos en la verdulería.

—¿En qué sentido raros?

—No se comportaban como uno esperaría en esa situación. Ni siquiera parecían asustados.

Lo primero que Piedrabuena hizo, dice Carlitos, fue presentarse. No se acercó demasiado, porque se sabe que una persona parada en una cornisa puede dar un paso en falso si se siente acorralada, y adiós. Así que un poco a la distancia les dijo: –Hola. Soy Ricardo Piedrabuena y vengo a ayudarlos. Por favor, quédense quietos. No cometan una locura.

Pero la situación ahí arriba era bastante ruidosa. No solo que había viento, y que los chicos estaban lejos, sino que venía un barullo tremendo de la calle. Porque los curiosos, los periodistas, los vendedores y los policías habían formado una masa de gente tan grande que impedían el paso de los autos. De modo que a todo el ruido se sumaban los bocinazos.

—Así que no se entendían bien –cuenta Carlitos–. La chica preguntó: ¿Qué dice? Y Piedrabuena repitió: "No cometan una locura". Fue entonces cuando ella dijo: "Solo papá".

—¿Solo papá?

—Sí, interpretamos que solo hablaría con su

padre. Por eso, Piedrabuena le dijo que no había problema, que de inmediato le traíamos a su padre. Y ahí empezaron las cosas raras.

—¿Qué cosas?

—La chica se puso a gritar que no, que si traíamos a su padre se mataba.

—¿Pero no lo había pedido ella?

—Por eso le digo que los chicos eran extraños.

Las cosas siguieron de mal en peor, explicó Carlitos. Porque Marcelo y Carla de pronto se movieron y todos temieron que saltaran al vacío. Piedrabuena volvió a decirles que se quedaran quietos e intentó convencerlos de que no hicieran nada apresurado, porque había tiempo.

—Entonces la chica dijo: "No hay tiempo, es muy tarde".

—¿Y qué quería decir con eso?

—Ni idea. Pero otra vez tuvimos miedo de que saltaran.

La tensión no hacía sino aumentar. La estrategia de Piedrabuena fue entonces cambiar de tema, explicó Carlitos; inducir a los chicos a que se relajaran y le contaran algo. Fue preguntando algunas cosas, como sus nombres y sus edades, pero las respuestas llegaban entrecortadas. Y de pronto la chica dijo algo sobre una tal Melina.

—¿Melina?

—Sí, algo sobre una Melina que molestaba. Interpretamos que se trataba de un triángulo amoroso, que había problemas entre ellos por culpa de una tercera chica. Por eso Piedrabuena le pidió que se olvidara por ahora de ese tema. Entonces ella contestó: "Cómo me voy a olvidar si por eso estoy acá".

—¡Ajá! –dijo cada vez más interesado el periodista y rápidamente escribió en su libreta: Melina molesta: triángulo.

A esa altura, cuenta Carlitos, Piedrabuena estaba al borde de la desesperación. Abajo se había juntado una increíble cantidad de gente y la situación se volvía cada vez más peligrosa. Entonces intentó un recurso arriesgado: se fue acercando de a poco y le ofreció su mano a la chica.

—Eso fue lo más desconcertante de todo.

—¿Por qué?

—Porque la chica le agarró la mano y dijo: "Mucho gusto".

—¿Mucho gusto?

—Sí, como lo oye. Todos pensamos que le estaba tomando el pelo.

Si uno va a juzgar por sus caras, sostiene Carlitos, era mucho peor la situación de Piedrabuena que la de los dos chicos. Porque ellos seguían ahí parados, con expresión de aburridos. En cambio el bombero se veía desesperado y transpiraba a mares. No era para menos: había recibido una comunicación nada más y nada menos que del jefe de la Policía Federal, que estaba viendo todo por televisión y le advertía que las cosas tenían que salir bien. Sin embargo, las cosas no estaban saliendo nada bien: esos chicos tenían un comportamiento totalmente inusual y no respondían a ninguna estrategia. Si se llegaban a caer, con toda esa gente abajo, los canales de televisión filmando y las más altas autoridades pendientes del asunto, Piedrabuena sabía que su carrera estaba perdida.

—Esto no lo escriba –le pidió Carlitos al narigón–, pero cuando volvió a hablarle a la chica, casi lloraba.

—¿Lloraba?

—Sí, pobre Piedrabuena, estaba desesperado. Les dijo, o más bien les rogó, que se bajaran de allí.

—¿Y qué le contestaron?

—La respuesta fue verdaderamente absurda: la chica le dijo que sí, que hacía rato que se querían bajar, pero él no los dejaba.

Ahí nomás Piedrabuena les hizo una seña a los bomberos, que desplegaron una soga para que los chicos pudieran agarrarse. Y, siguiendo las instrucciones que les daba Piedrabuena, empezaron a caminar lentamente hacia la terraza.

—Ahí sí, seguro que estaban asustados –dedujo el periodista.

—No, ni siquiera entonces. Más bien parecían sorprendidos.

Al fin llegaron al borde y los bomberos no esperaron más: los tomaron fuertemente de los brazos y los bajaron. Después se les tiraron encima para inmovilizarlos, algo que tenían previsto de antemano por si se les ocurría una maniobra extraña de último momento.

—Y encima se quejaron –protestó Carlitos–. Decían que los estábamos maltratando.

—¿Y ustedes qué hicieron?

—Se los entregamos a los médicos que habían mandado del hospital. Ya no queríamos estar un minuto más ahí. Qué quiere que le diga, mucho se habló después de Romeo y Julieta, del romance apasionado, pero para mí que esos chicos estaban locos. No sé si estarán locos por amor, pero que están locos no tengo duda.

10 *Fernando*

SEGURO que alguna vez les pasó: toparse con alguien, saber que uno lo ha visto muchas veces antes, pero ser incapaz de decir quién es. Eso me sucedió a mí ese día cuando entré en la relojería. Iba en busca de una pila para mi reloj, que se había detenido la noche anterior. Anselmo estaba hablando con este muchacho-cara-conocida y me saludó distraídamente. El otro me sonrió.

—Aquí estábamos comentando sobre el asunto de los chicos, Romeo y Julieta –dijo Anselmo–. Fernando conoce una parte importante de la historia.

Claro, me dije a mí misma: Fernando. Recién entonces me di cuenta de por qué esa cara me resultaba tan familiar: cuando trabajaba en la relojería, Fernando había pasado infinitas veces por mi quiosco a comprar cigarrillos. Supongo que fue por eso, porque éramos casi amigos sin conocernos demasiado, por lo que me contó todo. Y todo empieza, evidentemente, con el gato.

Sí, Modesto se había convertido en un verdadero problema en la quinta. Demasiado independiente: era imposible mantenerlo dentro de la casa. Para evitar que cayera en las garras de los perros terminó pasando a manos de Marcelo.

—Tendría que haber hablado más con él antes de dárselo -se lamentó Fernando, que se sentía un poco responsable por todo lo que pasó después. Pero no: la entrega fue rápida. Precisamente allí, en la relojería. Se encontraron una mañana, el gato cambió de manos y apenas hubo algunos comentarios sobre vacunas y alimentos. Fernando no volvió a saber nada de él hasta ese día, un viernes, en que el mono empezó a gritar.

—¿El mono? -pregunté yo.

—Sí, yo tengo un mono tití, se llama Simbad.

Fernando estaba cortando el césped en la quinta aquel famoso día y no oyó nada hasta que apareció el mono lanzando alaridos. Recién cuando apagó la cortadora pudo oír a los perros. Los perros y los gritos. Corrió hasta la puerta y vio una escena que le hizo saltar el corazón: había un chico (después reconoció que era Marcelo) tirado en el piso y un perro lo tenía agarrado del pantalón. La chica estaba acorralada contra la pared por el otro perro. Pálida, parecía a punto de desmayarse. Cuando les sacó a los perros de encima Fernando vio que las cosas eran menos graves de lo que parecían. Marcelo apenas tenía un rasguño en la pierna y el pantalón roto. Carla estaba ilesa. Lo peor, en realidad, era el susto.

—Son unos salvajes esos perros –dijo Fernando–, como yo no oía el timbre, los chicos empujaron el portón y entraron: ahí fue cuando se les tiraron encima. Entonces los llevé a mi casa y los invité a quedarse a dormir. Así iban a descansar bien y yo podía acompañarlos al día siguiente con la camioneta hasta la capital.

Lo pasaron bien aquella noche, recordó Fernando sonriendo. Comieron, jugaron a las cartas y miraron las estrellas con un telescopio. Y hablaron, claro. Entre otras cosas del gato. Que era el motivo por el que los chicos habían viajado hasta allí: para que él les sugiriera dónde buscarlo. Por lo menos eso le dijeron. Así,

Fernando les contó la historia, la misma que después me contó a mí. La historia de Modesto. O Molesto.

Resultó que el pobre Modesto había ido pasando de mano en mano. Su verdadera dueña, en realidad, se llamaba Matilde y había sido una vecina de Fernando. La vecina del 2.º B. Una infortunada tarde, Matilde tuvo un accidente: la atropelló un colectivo y tuvieron que llevarla al hospital. Al día siguiente, Modesto empezó a circular por la terraza y los balcones del edificio maullando lastimosamente. Extrañaba a su dueña, sin duda. Fernando decidió entonces adoptarlo hasta que ella volviera. Pero no volvió.

—¿Se murió? -pregunté yo.

—No, pero como tenía las dos piernas fracturadas se fue a vivir a la casa de una hermana hasta que se repusiera. Yo acepté cuidar a su gato.

De modo que Modesto se fue quedando con Fernando. En realidad, el gato circulaba a su antojo: a veces estaba ausente días enteros y luego aparecía de noche, hambriento y cansado. Era raro. Le gustaba echarse largas horas junto a las personas, pero no que lo acariciaran. Detestaba al loro de Fernando, aunque parecía llevarse bastante bien con la perra. De la que salía huyendo siempre era de Clotilde, la madre de Fernando, que cada tanto pasaba por allí con alguna comida de regalo e intentaba llamarlo con un michi-michi-lindo-la-lechita. La sensación que todos tenían, en realidad, era que Modesto aún esperaba a su dueña: cada mañana daba vueltas por su balcón, como buscando el olor. Pero la recuperación de Matilde se complicó y fueron pasando los meses. Entonces llegó el momento en que Fernando tuvo que mudarse.

—Intenté comunicarme con Matilde para devolverle su gato –contó–, pero ella y su hermana se habían mudado y no pude conseguir el nuevo teléfono.

Así fue como Modesto terminó en manos de Marcelo. Fernando insiste en que fue él quien cometió el error: debió explicarle algo más sobre la personalidad del gato. Pero cómo iba a imaginarse que en la casa de Marcelo no había ni patio ni balcón. Y que todas las ventanas tenían rejas. Es decir, que Modesto estaba virtualmente preso.

Mientras conversaba con Marcelo y Clara, a Fernando la respuesta se le apareció, obvia, en su cabeza. ¿Dónde podía ir Modesto apenas recuperada su libertad? Evidentemente, a lo de Matilde. No había duda: tenía que haber intentado llegar hasta ese edificio. Aquella noche en la quinta se fueron a dormir con la sensación de que el enigma estaba resuelto. Al día siguiente podrían, sin problemas, recuperar al gato. Y a la gata también. Eso creían todos.

La idea era salir por la mañana, pero a la camioneta le dio por averiarse y Fernando logró hacerla arrancar recién pasado el mediodía. Luego vino el problema con Simbad, que armó tal escándalo de chillidos cuando se iban que tuvieron que llevarlo con ellos. Entre una cosa y otra, llegaron ya por la tarde. Y se enfrentaron con el primer problema: cómo entrar al edificio. No era cuestión de tocar cualquier timbre, porque la relación de Fernando con sus antiguos vecinos distaba mucho de ser buena. Lo intentó con la chica del 7.º B, la más simpática del edificio, pero nadie contestó. Y ahí estaban, parados en la puerta sin saber qué hacer, cuando Fernando se acordó de Javier. El músico: un tipo sumamente agradable al que había conocido aquel día en que el barrio se inundó y todos los que no podían llegar hasta sus casas se refugiaron en el bar de la avenida. Javier vivía en el edificio de al lado. Enseguida bajó a abrirles y les dijo que sí, que conocía a otra gente en los departamentos vecinos y no tendría problema en ayudar a los chicos a acceder a ese edificio. Y eso es todo, dijo Fernando.

—¿Cómo todo? –pregunté yo desilusionada.

—Sí, porque yo los dejé con Javier y me fui. No supe nada más hasta que esa noche prendí el televisor y vi a dos chicos en la cornisa, mientras el país entero gritaba que se querían suicidar porque su familia no aceptaba su amor. Yo no entendía nada. Pensé que tal vez había pasado algo en el medio que desencadenó el drama.

—¿Algo como qué?

—No sé, Carla comentó que tenía que llamar a su casa. Supuse que podrían haberle dicho algo por teléfono que la trastornó...

—¿Cómo qué?

—Es una idea simplemente –explicó Fernando–. Pero como todos dicen que los padres se oponían al romance, yo me imaginé lo siguiente: ella llamó y los padres, que estaban enojadísimos porque no había vuelto desde el día anterior, le prohibieron que volviera a verlo. Y entonces ellos se subieron a la cornisa.

—Es posible –dije yo–, suena bien. Pero tengo entendido que hubo una pelea con alguien más. Una pelea en la calle.

Fernando pareció molestarse.

—No, fue una discusión sin importancia, pero eso es personal.

Me pareció que me ocultaba algo. Empezó a despedirse porque debía volver a la quinta, pero yo le hice una última pregunta.

—¿De verdad ellos se quieren tanto?

Pareció dudar.

—Están muy unidos, pero... conmigo no se mostraron enamorados. Ni un beso se dieron. Le digo más: ni siquiera me di cuenta de que eran novios. Pero con todo lo que oí y leí después sobre ellos pensé que tal vez querían ocultármelo. Quién sabe.

11 *El doctor Vázquez*

ENCONTRAR a un médico de esos que suelen viajar en las ambulancias no es tarea sencilla. Al periodista narigón le llevó varios días de llamadas y visitas infructuosas. Finalmente el dato preciso se lo dio una enfermera que le presenté yo. El día que lo encontramos, el doctor Vázquez estaba de guardia en el hospital y tenía poco tiempo. Y sobre todo pocas ganas. Admitió que había subido a la terraza aquella noche a revisar a los chicos, pero luego se escudó en el secreto profesional: dijo que no podía revelar datos sobre sus pacientes. El narigón insistió mucho, le prometió que no mencionaría su nombre y le ganó, creo, por cansancio. O tal vez porque, en el fondo, Vázquez estaba orgulloso de sus teorías sobre lo sucedido y le encantaba exponérselas a alguien. De a poco le fue contando todo.

—Una situación extraña –recordó–. En un principio fue verdaderamente desconcertante.

—¿Por qué?

—Porque esos chicos no se comportaban como uno espera que lo haga quien acaba de vivir una situación tan dramática. No lloraban, no parecían desesperados. Por el contrario: se los veía de lo más tranquilos. Demasiado tranquilos.

Vázquez y un enfermero subieron cuando los chicos ya se habían bajado de la cornisa. Les bastó un vistazo general para saber que su estado físico era perfecto. El problema estaba, dice el médico, en su condición psíquica. Por eso intentó acercarse a ellos poco a poco: les hizo algunas preguntas generales, para ir ganando confianza. Pero la conversación no avanzaba por los carriles normales.

—Les pregunté, por ejemplo, si estaban muy tristes. La chica me contestó que no, que tristes para nada, pero sí muy cansados porque ese asunto les había llevado el día entero.

—¿Qué asunto? -preguntó el periodista.

—No sé, supongo que se refería a una pelea entre ellos. Yo insistí: pregunté si ya habían hecho eso otras veces. Me refería, claro, a poner en riesgo sus vidas.

—¿Y qué dijeron?

—El chico me contestó: "No, es la primera vez que subimos a una cornisa. Pero es fácil: fíjese que es muy ancha". Y, encima, después agregó: "No le recomiendo probar ahora, porque se arma un revuelo terrible".

—¿Eso dijo?

—Ajá. Por eso le digo que yo estaba muy desconcertado al comienzo, hasta temí un brote esquizofrénico, me entienden, problemas mentales. Pero luego comprendí la esencia de su comportamiento.

Se trataba, dijo Vázquez, de una reacción a una situación traumática: negarla por completo. No crean que son mías esas palabras. En esos términos lo explicó el médico: los chicos habían subido a la cornisa tal vez sin intención real de tirarse. Probablemente solo intentaban desafiar a los padres. Pero luego, ante el impacto emocional de verse allí, con todo el mundo abajo gritando, habían levantado un muro en sus mentes: para ellos todo eso no estaba sucediendo.

—¿Cómo que no estaba sucediendo? –preguntó el narigón, que no lograba seguir el razonamiento de Vázquez.

—Bloquearon lo que pasaba, en sus cabezas

negaron que existía un peligro real, que sus vidas estaban en juego. Es un mecanismo de protección. Le digo más: actuaban como si los alterados fuesen los otros y no ellos. Y encima, transfirieron el riesgo hacia unos gatos.

—¿Gatos?

El periodista abrió los ojos sumamente interesado.

—Sí, una transferencia muy curiosa. Al mismo tiempo que demostraban no tener ninguna conciencia del riesgo que habían corrido, se preocupaban por unos gatos que andaban dando vueltas por allí.

—¿Qué gatos?

—No sé, unos gatos callejeros simplemente. Pero ellos insistían con que había que rescatarlos. Fíjese qué notable: los chicos no hacían mención a su propio rescate, pero hablaban de salvar a los gatos. Pedir ayuda para los gatos era, estimo yo, una manera de pedir ayuda para ellos mismos.

Aquella noche, Vázquez también habló con los padres, que habían subido poco después que ellos a la terraza. La impresión que tuvo, dijo, es que había serios problemas entre padres e hijos. Sobre todo con el padre de Marcelo, que estaba fuera de sí de la bronca. Por eso, él intentó calmarlos y les aconsejó que fuesen prudentes.

—Les dije que probablemente los chicos sufrirían estrés postraumático.

—¿Qué?

—El impacto de lo que acababan de vivir llegaría tarde o temprano. Y entonces ellos debían ayudarlos. Les pedí que intentaran entenderlos en lugar de criticarlos. Que aunque no apoyaran su relación, era mejor no intentar separarlos.

—¿Y qué le dijeron?

—No fue fácil, sobre todo con el padre del chico, que se pasaba todo el tiempo repitiendo: "Habría que darles una buena paliza". Pero al final su mujer logró hacerlo entrar en razón.

—¿Los volvió a ver?

—No, no los vi más. Y ahora discúlpeme, pero tengo pacientes que esperan.

Vázquez dio media vuelta y se fue. El narigón se quedó parado allí, en el pasillo del hospital, garabateando algunas palabras en su libreta. Estaba contento. Me dijo que sentía que finalmente estaba consiguiendo buena información. Yo asentí, pero no le contesté nada.

Aunque no lo sabía entonces, esa era la última vez que lo acompañaba. Al día siguiente mi prima consiguió un trabajo de tiempo completo y ya no pudo ayudarme en el quiosco. Cuando se lo anuncié, el narigón no se mostró molesto.

—No importa –me dijo–, ya estoy bien encaminado. Ahora sí que estoy cerca de la verdad sobre Romeo y Julieta.

12 *Carla*

Yo pasé mucho tiempo con ella sin saber quién era en verdad. Claro que no podía reconocerla: solo la había visto en televisión, o en las fotos de los diarios, pero la imagen en la cornisa era tan pequeña que nadie había podido identificar sus rasgos. Así que ese día, cuando se presentó en mi quiosco, lo que vi fue una chica como cualquier otra. Linda, sí, pero no muy llamativa. Vestía *jeans* y camisa y tenía el pelo recogido en una trenza.

—Vengo por el aviso –dijo, señalando el cartelito que yo había pegado en la pared del quiosco.

Yo estaba buscando a alguien que me ayudara por las mañanas: necesitaba reemplazar urgentemente a mi prima. Pero no era solo eso: el asunto de los sándwiches estaba teniendo más éxito de lo esperado. Ya había incorporado entonces los de atún y los de pollo con tomate; la preparación me demandaba por lo menos un par de horas en las que no podía atender el quiosco. Además, planeaba ofrecer envío a domicilio por la zona, pensando sobre todo en los empleados de los negocios que no podían salir a comprar. El cartelito decía: "Se necesita chica o muchacho para atención al público y reparto. Cuatro horas por la mañana". Es cierto que no especificaba la edad, pero ustedes se imaginarán que yo pensaba en alguien mayor. Digamos dieciocho, diecinueve años. Por eso no me tomé demasiado en serio a esa chica con cara de nena. Creo que también por eso tardé tanto en darme cuenta de que era Julieta: pese a todo lo que sabía, yo seguía esperando que los dos fuesen más grandes. Esa es una de las tantas confusiones que fueron creciendo y trasmitiéndose en la historia de este romance.

Como les estaba diciendo, ella me señaló el cartelito y yo me limité a aclararle que buscaba a alguien mayor.

—¿Qué edad tenés? –le pregunté.

—Estoy por cumplir trece.

—Muy joven –constaté–. Los niños no tienen que trabajar.

Después seguí ordenando las galletitas en el estante.

Ella, sin embargo, no se movió. Me explicó que acababa de terminar la escuela primaria y quería una ocupación solo durante las vacaciones. Que aunque era chica era responsable. Que nunca se iba a equivocar con los cambios porque era muy buena en matemáticas. A todo eso le agregó un argumento interesante: tenía un amigo que podría hacer los repartos a domicilio en bicicleta. Y estaban dispuestos a dividirse el salario que yo ofrecía. Así que empecé a tomármela en serio.

Pero no fue ninguna de esas razones lo que me decidió a aceptarla por el verano: sencillamente me caía bien. Le ofrecí una prueba, tres días para saber cómo andaba. Recién ahí le pregunté el nombre.

—Carla Martínez –dijo sonriendo.

Y ni siquiera entonces me di cuenta.

Fue recién en el tercer día de su trabajo cuando algo hizo clic en mi cabeza. En las dos jornadas previas habíamos preparado y repartido volantes por la zona para promocionar el servicio: "Ricos sándwiches caseros a domicilio. Múltiples sabores. Y si no le gusta ninguno, le preparamos el que nos pida". Esto último había sido una idea de Carla: que cada uno creara su sándwich. Después lo bautizaríamos con su nombre. Bien pensado, le dije. Para entonces ya me había olvidado de que se trataba de una prueba: Carla se quedaba, no había duda.

Les decía que solo en el tercer día caí en la cuenta de que estaba en presencia de Julieta. Habían empezado a llegar los pedidos y cuando la primera tanda estuvo casi lista ella me dijo que iba a llamar a su amigo para que los pasara a buscar.

—Además quiero que lo conozcas –agregó–. Se llama Marcelo.

—Ah, bueno –dije yo distraídamente mientras envolvía uno de queso, huevo y aceitunas. Y de pronto fue como si alguien me golpeara en medio de la frente. Carla y Marcelo, Marcelo y Carla... Me puse a mirarla como si fuera la primera vez: el pelo largo, castaño, los ojos grises. Ella se dio cuenta de que algo pasaba.

—¿Por qué me mirás así? –preguntó.

No supe qué decirle. No quería pasar por chismosa.

—Tuve la impresión de que te conocía de antes –inventé–. De que te había visto... no sé, en otra situación.

Ella desvió la mirada.

—No me acuerdo.

—Digo que estuviste en algún lado... que te vi en alguna foto... en otro lugar...

Suspiró. Había entendido.

—Sí, soy yo –dijo.

Se hizo un silencio. Yo la seguía mirando.

—Supongo que querés que te cuente –adivinó.

Intenté no sonar demasiado ansiosa.

—Solo si tenés ganas.

—Bueno, pero antes te advierto una cosa: la verdad no tiene nada que ver con lo que se dice por ahí.

Y me lo largó sin anestesia, dándome de lleno en la cara con esa desilusión.

—Esto no es una historia de amor. Romeo y Julieta no existen.

El relato se extendió a lo largo de varios días. Carla solo hablaba cuando estábamos completamente solas, pero a cada rato alguien entraba al quiosco y nos interrumpía. Ella se callaba de inmediato: nadie debía oír, me dijo, porque si no podrían empezar otra vez los rumores.

Carla se quejaba todo el tiempo. De la inclinación de la gente a hablar de lo que no sabe. De la facilidad con que repiten cualquier cosa que han oído por ahí. De la liviandad con que los periodistas hablaban de ellos por televisión. Y sobre todo, de que la gente les ponía una etiqueta.

—Si uno no es amigo de la manera en que piensan que hay que ser amigo, si uno se ve más a menudo de lo que creen aceptable, entonces suponen que hay otra cosa –protestó–. Por eso decidieron que Marcelo y yo éramos novios.

La cosa venía de lejos. Ya cuando eran chicos, dice Carla, había comentarios. Sobre todo del padre de Marcelo, que nunca entendió nada. Solía echarles una de esas miradas insinuantes y declaraba en su clásico tono suspicaz: "Estos chicos son carne y uña". Justamente para evitar esas miradas, esa insoportable suspicacia, ellos a veces decían que eran primos. Porque nadie piensa que los primos son novios.

—¿Entendés? Nosotros no somos novios. Nunca fuimos novios –insistió–. Pero todo se complicó con los gatos.

Carla reconoce que la de los gatos no fue una buena decisión. Una idea tonta, dice. Es que Molesto se había puesto insoportable y creyeron que todo lo que necesitaba era una compañera. Entonces lo llevaron ahí, a la terraza de su casa, por donde solía pasear la gata de Isabel. Pero en un primer momento no pasó nada, cada gato se acurrucó en un rincón y no se dijeron ni miau. La situación se había vuelto aburrida y no solo eso: la noche estaba fea, ventosa, con olor a lluvia. Fue Carla la que sugirió que los dejaran un rato y jugaran a los dados en su casa. El primer partido lo ganó ella y el segundo Marcelo. Así que el desempate era obligado. Si el padre de Marcelo no hubiese insistido tanto con las llamadas telefónicas para decirle que debía volver temprano, tal vez no se habrían olvidado de los gatos. Pero no hubo maldad, insiste Carla. Cómo podían imaginarse ellos que esa noche Molesto iba a huir y menos todavía que Melina lo iba a seguir. Fue por eso por lo que hicieron todo lo que hicieron: la búsqueda, el viaje, la cornisa.

—¿Entonces ustedes nunca se quisieron tirar? –pregunté yo.

—¿Nosotros? No, cómo se te ocurre. Nunca haríamos una locura semejante. La que se iba a tirar era Isabel.

—¿Isabel?

—Bueno, eso creímos. Esa mañana, cuando nos encontramos en la terraza, Isabel tenía una cara terrible. Murmuró que sin la gata no podía vivir. Estaba ahí, parada junto a la baranda, cuando miró hacia abajo y dijo: "Si no aparece Melina, me mato". Nos dimos un susto tremendo. Ahora, francamente, creo que exageraba: sobrevivió sin problemas todos esos días. Pero quién podía saberlo: no íbamos a ser nosotros los culpables de una tragedia.

Así que, cuando fracasó la búsqueda en el barrio, emprendieron el viaje.

—¿Viaje? –pregunté yo–. ¿No era una fuga?

—No, ¿por qué nos íbamos a fugar? Claro que hubiéramos preferido quedarnos en casa tranquilos, pero algo había que hacer. Si vos hubieras visto la cara de Isabel ese día pensarías lo mismo. Teníamos que ayudarla de alguna manera. A Marcelo se le ocurrió que la respuesta podía tenerla Fernando, que estaba en Bella Vista. Solo que el viaje fue difícil. Muy difícil.

—Entonces no estaban de novios, no se querían tirar de la cornisa ni se fugaron –dije yo desilusionada–. Nada es como debía ser.

—Es que tenés que aceptarlo –me contestó–: esta no es una historia de amor, es una historia de confusiones. De confusiones y de gatos.

Fue un viaje en el que todo salió mal, dijo Carla. Para empezar, el colectivo: tardó demasiado y cuando finalmente llegaron a la estación Retiro, el tren que pensaban tomar se había ido. De modo que tuvieron que esperar el siguiente. Ya para entonces les había dado sueño, de puro aburrimiento. Y ese fue el primer gran problema: el sueño. Porque con el traqueteo se quedaron dormidos. Ella se despertó cuando el tren acababa de entrar en una estación desconocida. Asustada, le preguntó a una mujer si todavía faltaba para Bella Vista.

—¿Bella Vista? Huy, querida, se pasaron. Van a tener que tomar el tren para el otro lado.

Sacudió a Marcelo y se bajaron a toda velocidad. El lugar se veía bien feo, dice Carla, sucio, lúgubre. Marcelo intentó tranquilizarla:

se habían pasado unas pocas estaciones, solo tenían que cruzar de andén y esperar el siguiente. Pronto estarían en Bella Vista. Pero en ese momento apareció la banda. Eran cinco pibes. Altos, de pelo bien corto y camperas negras. Grandotes como roperos. Se pararon en medio del andén y les bloquearon el paso.

—Permiso –dijo cauto Marcelo.

Pero no se movieron. Uno de ellos sacó una navaja del bolsillo y empezó a pasársela de una mano a la otra.

—Tenemos un problemita –dijo burlón–. Nos quedamos sin guita. Seguramente ustedes nos pueden prestar.

—No tenemos –contestó Marcelo.

—Tu noviecita debe de tener –se rió el grandote.

A Carla le dio bronca que también ese tipo creyera que eran novios, pero se dio cuenta de que no era momento de aclararlo. Admite que estaba muerta de miedo: los roperos se veían feroces. Marcelo estaba ahí parado y no hablaba, miraba fijo a los otros, como jugando a quién desviaba primero los ojos. Ella hubiera querido darles el poco dinero que llevaban encima, pero no se decidía a hablar. Y en ese momento, sin aviso previo, Marcelo le agarró fuerte la mano y la arrastró. Se escurrieron por un hueco que habían dejado los tipos y volaron. Eso le parecía a Carla: que volaban.

—¿Y no los agarraron? –pregunté yo.

—Trataron, pero la verdad es que nosotros corríamos más rápido. Los tipos esos eran bien malos, pero estaban bastante gordos. Les faltaba velocidad.

Carla cuenta que mientras corría oía a su espalda las respiraciones agitadas, los insultos. Que cruzaron el puente que iba hacia el otro andén, justo cuando el tren llegaba. Que sintió un tirón fuerte y se dio cuenta de que le habían arrancado la mochila, pero no se detuvo. Ninguno de los dos se detuvo hasta llegar el tren. Subieron de un salto, justo antes que el guarda. En eso, cree Carla, tuvieron suerte: habían caído precisamente en el vagón en que viajaba el guarda, un tipo alto con cara de pocos amigos. Por eso probablemente los gordos no subieron tras ellos. Los vieron por la ventana parados en el andén, aún agitados, mirándolos con cara de bronca. Ella quiso decirle a Marcelo que le habían robado la mochila, y que no importaba, porque estaban sanos y salvos. Pero no pudo, me explicó, porque tenía un nudo en la garganta que no la dejaba hablar. Viajaron en silencio hasta que Marcelo lo rompió para preguntarle si le gustaba el café.

—¿Estás loco? -dijo Carla-. Con todo lo que nos pasó y a vos se te da por hablar del café.

—Por eso -insistió Marcelo-, pensemos en otra cosa. ¿Te gusta o no?

—¿Con leche?

—No, solo.

—No sé, lo probé una sola vez. ¿Y a vos?

—A mí sí, pero mis padres no me dejan tomar si no es con leche. Dicen que el café solo es para mayores, que tengo que esperar por lo menos hasta los quince. ¿No es absurdo? ¡Como si hubiera una edad establecida para el café!

—¿Tuviste miedo? -lo interrumpió Carla.

—Mucho. ¿Y vos?

—También.

—¿No te tomarías un café? Recién pasó un vendedor, debe de estar en el vagón de al lado.

—Sí -dijo Carla-, pero no tengo más plata.

Marcelo rebuscó en sus bolsillos y sacó unas monedas. Se levantó, caminó hacia el siguiente vagón y enseguida volvió con los dos cafés. Solos. Carla dijo que estaba rico. Y que la hizo sentir mayor.

Tuve que esperar todo el fin de semana para poder seguir oyendo la historia. El acuerdo con Carla era que trabajaba de lunes a viernes, de modo que me pasé sábado y domingo imaginando cómo seguía el asunto. Les confieso que aún tenía entonces alguna esperanza de que finalmente se convirtiera en una historia de amor, aunque hasta ese momento se pareciera más bien a una novela de aventuras. El lunes, apenas entró, le pedí que avanzara de una vez.

Llegaron a Bella Vista mucho más tarde de lo previsto, me dijo: ya oscurecía. Los datos que tenían sobre la quinta eran un poco vagos, apenas la calle y un nombre: "Los Salvajes". Por eso detuvieron a una mujer que iba en bicicleta para preguntarle dónde quedaba.

—¿Los Salvajes? –repitió–. Cruzando, el segundo portón a la derecha. Tengan cuidado.

Todo esto debió haberles dicho algo, pensó después Carla. En primer lugar el nombre y luego la advertencia. Pero no: siguieron caminando y una vez frente a la quinta tocaron el timbre. Primero un timbrazo normal. Nada. Luego uno más largo, insistente. Nada otra vez. Entonces Marcelo apoyó su dedo en el timbre y lo dejó allí, varios segundos. Y nuevamente, nada. Carla admite que le dio un ataque de mal humor: se empezó a quejar porque Marcelo no había confirmado que Fernando estuviera en casa, porque la había llevado hasta ahí inútilmente, porque habían soportado ese viaje odioso para nada. Él no le contestó. Se limitó a empujar el portón y, para su propia sorpresa, descubrió que no estaba trabado.

—Entremos -le dijo a Carla-. Tal vez Fernando está en el fondo y no oye el timbre.

Carla dice que mientras entraban tuvo un vago malestar, una sensación de que no debían hacer lo que estaban haciendo. Nunca llegó a decirlo: no habían dado ni cinco pasos dentro de la quinta cuando aparecieron los perrazos. El primero se tiró sobre Marcelo, que cayó de espaldas con un grito ahogado, atinando apenas a cubrirse la cara con las manos. Espantada, Carla vio cómo el perro le agarraba la pierna con unos dientes descomunales y parecía a punto de devorársela. Levantó la cabeza pensando en pedir ayuda, solo para ver a la otra bestia que corría a toda velocidad hacia ella. Empezó entonces a retroceder hacia el muro. Cuando se dio cuenta de que era una mala decisión ya era tarde: ladrando como un endemoniado, el perro la había acorralado y no tenía hacia dónde escapar. En los segundos que siguieron, dice Carla, ella y el perro se miraron fijamente. Pensó muchas cosas en ese tiempo corto y a la vez eterno: que el animal debía de tener rabia porque babeaba exageradamente, que ella se iba a hacer pis encima del susto, que esa era una manera ridícula de morir y que con suerte se desmayaría y no sentiría cuando la bestia se le tirase al cuello. Fue entonces cuando oyó al mono. Claro, pensó que alucinaba: que el miedo le fabricaba sonidos en su cabeza. Pero no, el mono estaba ahí. Y luego llegó el tipo, que gritó con una voz potente:

—¡Titán! ¡Sultán! ¡Vengan para acá!

Las dos bestias obedecieron de inmediato. Carla sintió que las piernas ya no la sostenían y se dejó caer al piso. Recuerda vagamente que el hombre se acercó y que fue su cara y el absurdo mono lo último que vio antes de desmayarse. O tal vez no se desmayó, me dijo, sino que cerró apenas un momento los ojos para olvidarse de todo eso.

Veinticuatro sándwiches. Doce de atún con mayonesa y doce de jamón y queso. Y también bebidas. Me lo pidieron así, de sopetón, de una oficina que está a dos cuadras. Parece que estaban festejando un cumpleaños y decidieron encargarlos sin previo aviso. Hubiera dicho que no con tal de seguir oyendo la historia, pero no podía perderme semejante venta. Así que contesté que por supuesto estarían allí en una hora y cuando corté me di cuenta de que no tenía suficiente pan ni fiambre y que una hora era poquísimo. Carla no dudó: llamemos a Marcelo, me dijo, para que nos ayude. Yo ya lo había visto dos veces antes, pero siempre de pasada. Esa fue la primera vez que pude observarlo con detenimiento. Vino con el pan y el jamón que le encargamos y todos pusimos manos a la obra. Fue ahí cuando noté que la de ellos no era una relación como cualquier otra. Tenían la familiaridad de los hermanos junto con el encanto de los amigos. Mucha mirada cómplice, mucho sobrentendido. Sí, ustedes pensarán que soy una romántica perdida, pero eso me dio ilusiones. Tal vez ella no me decía toda la verdad.

La casa era chica y estaba muy desordenada, me contó Carla recién a la mañana siguiente, cuando pudimos seguir con la historia. Aún hoy no se acuerda bien cómo llegó. Pero ahí estaba, recostada en un sillón, mientras Fernando le revisaba la pierna a Marcelo. Solo unos rasguños, lo tranquilizó enseguida, nada para preocuparse. Entonces les dijo que descansaran mientras les preparaba un té con tostadas y ella se dedicó a mirar a su alrededor. Era como estar en la casa de Indiana Jones, dice. Del techo colgaban sogas a modo de lianas, para que el mono pudiera balancearse a gusto. En el piso, junto a la chimenea, estaba la perra Nela, con sus tres minúsculos cachorros. Sobre una mesa había una jaula, con la puerta abierta. El loro estaba allí, pero posado del lado de afuera. Todo muy extraño.

Mientras tomaban el té, Fernando les sugirió que se quedaran a pasar la noche: tenía un par de sacos de dormir que extenderían ahí, en la sala, y al día siguiente él tenía que ir a Buenos Aires y podía llevarlos en la camioneta. Carla dudó sobre la conveniencia de quedarse, con esas bestias dando vueltas afuera, pero solo de pensar en volver a tomar el tren esa noche se sentía enferma. Así que aceptaron y Fernando los acompañó hasta la despensa para hablar por teléfono a sus casas. Claro, lo que contaron fueron puras mentiras. Cada uno mencionó la casa de un amigo donde supuestamente se quedarían a dormir. Carla me lo explicó con tono resignado. ¿Qué iban a decir? ¿Que estaban en una quinta con animales salvajes y un tipo medio raro? No, no había otra salida que mentir. Pero fue ahí cuando realmente se complicaron las cosas.

—Los padres se preocupan demasiado cuando uno tiene doce años, ¿no te parece?

—No sé –le dije–, hace mucho que no tengo doce años.

—Es así –insistió–, se ponen nerviosos porque uno crece. Se imaginan cosas que no existen.

—Pero a ustedes se les fue la mano –dije–,

esa vez les dieron motivos. Yo también me hubiera puesto nerviosa en su lugar.

Carla movió la cabeza, como dudando.

—Bueno, puede ser –contestó–, pero no era para tanto.

Esa noche –siguió contándome Carla– fue divertida. Pese a su extravagancia, Fernando resultó un tipo agradable. Preparó un asado y mientras esperaban que se cocinara les enseñó a reconocer el sonido de las aves en la oscuridad y les mostró las constelaciones con un telescopio. Luego hablaron de la desaparición de Molesto y la solución se les apareció sencilla frente a sus ojos. Se sintieron optimistas aquella noche, seguros de que habría un final feliz.

Carla dice que se fue a la cama pensando que no iba a poder dormirse con tantos animales a su alrededor. Pero apenas cerró los ojos cayó en un sueño profundo del que despertó con la agradable sensación de haber volado.

Salieron demasiado tarde, dijo Carla. Fernando se entretuvo primero cortando el césped y luego tuvo que meter las manos en el motor de la camioneta, que se negaba a arrancar. Y no fue precisamente un viaje de placer: el mono iba con ellos y le tiraba del pelo a Carla a cada rato. Pero al fin y al cabo llegaron. Claro que ahí empezaron otros problemas.

La idea de Fernando había sido buscar a los gatos en los balcones o en la terraza de su antiguo edificio, a donde suponía que Molesto debía haber vuelto en su eterna espera de Matilde. Tocó el timbre del 7.º B, donde vivía una amiga, pero no había nadie. Y, extrañamente, no quiso tocar en otros pisos. Dio algunas excusas vagas, pero el motivo se hizo evidente minutos después, dice Carla, cuando llegó una mujer. Era una señora mayor, que se dispuso a abrir la puerta con su llave. Marcelo estaba a punto de abordarla para pedirle que los dejara pasar, cuando ella se dio vuelta y los miró. Ahí empezaron los gritos.

—¿Gritos? ¿Hubo una pelea? –pregunté yo. Eso me encendió una luz: era la escena que me había descrito el Cabezón y que se había negado a explicarme Fernando.

—Sí. Ahí empezamos a entender lo que pasaba en ese lugar.

Al parecer, la mujer odiaba a Fernando más que a nadie en el mundo. Y al verlo ahí, pensó que pretendía volver a vivir en el edificio. Por eso los gritos: fuera de sí, la señora juraba que nunca le permitiría regresar con sus sucios y ruidosos animales. En su exaltación también se la agarró con Carla y Marcelo, creyendo que pretendían vivir con él y sus mascotas.

—Nos amenazó con llamar a la policía y hacernos encerrar en un reformatorio –se rió Carla–. Fernando se interpuso entre ella y nosotros e intentó explicarle que no teníamos nada que ver, pero no quería oír, estaba como loca.

Cuando finalmente la mujer entró, decidieron que era mejor alejarse un rato. Si efectivamente llamaba a la policía, las cosas podrían complicarse. Fue entonces cuando Fernando se acordó de Javier, un amigo que vivía en uno de los departamentos de al lado. Le pidió que ayudara a los chicos, ya que conocía alguna gente en el otro edificio. No mucho después se volvió a la quinta.

—¿Por qué se fue? –pregunté yo.

—Dijo que estaba ocupado. Pero, la verdad, creo que tenía miedo. Creo que sus viejos vecinos lo aterrorizan.

Yo quería que Carla terminara de contarme la historia ese mismo día. Estaba dispuesta a no atender a nadie más en el quiosco con tal de oír el final. Pero cuando íbamos por la mejor parte, apareció la madre. El horario de Carla había terminado hacía un buen rato y estábamos comiendo unos sándwiches como almuerzo. La madre miró a su alrededor, puso una cara extraña y la invitó al cine. Creo que en realidad quería curiosear el lugar y tal vez a mí. Carla me había dicho que sus padres no estaban de acuerdo con el asunto del trabajo: decían que era muy chica y que aún no hacía falta que ganara su dinero. Mi sensación es que ella quería demostrarles que era lo suficientemente grande y madura como para tener un trabajo de verano y no una chiquilina irresponsable, como ellos parecían haber creído. A su vez, los padres habían terminado aceptando porque querían mostrarle que eran comprensivos y que no era necesario mentirles, como ella parecía haber creído. De modo que ahí todos querían demostrarse cosas y a mí me dejaron sin el final de la historia hasta el día siguiente.

Javier era muy amable, me contó Carla cuando retomó el relato, pero después de bajar y subir varias veces para tocar timbres en el edificio de al lado pareció cansarse de todo el asunto. Es que esa noche nadie estaba en su casa. La gran idea se le ocurrió a Marcelo en una de las tantas veces que bajaron: miró hacia arriba y se dio cuenta de que los dos edificios tenían la misma altura. Así dicho, parece una pavada. Pero no lo era: si tenían la misma altura tal vez sus terrazas estaban juntas. Eso fue lo que dijo Marcelo: por qué no subir a la terraza de Javier y ver si desde allí podían observar la otra. A Javier le pareció bien. Tal vez, piensa Carla, era una manera de sacárselos de encima. De modo que les dio las llaves y dejó que fueran por su cuenta.

Cuando entraron creyeron sinceramente que habían llegado al final del camino. Todo resultó a pedir de boca. Efectivamente la otra terraza estaba a la misma altura, separada por una reja, pero lo mejor no era eso. Lo mejor era que casi enseguida vieron a Molesto. Ahí estaba, lamiéndose tranquilamente las patas, como si no tuviera nada que ver con el caos generado. Marcelo y Carla se abrazaron de felices que estaban.

—No entiendo -dije yo-. ¿Entonces por qué salió todo tan mal?

—Por la reja. Ahí nos dimos cuenta de que no teníamos cómo llegar a Molesto: la reja que separaba las dos terrazas era altísima y tenía púas en los extremos.

Le dieron varias vueltas al asunto, pero no había manera de atravesarla. Entonces surgió la idea de caminar por la cornisa. Así de sencillo.

—No pongas esa cara -me dijo Carla-. No es tan delirante como parece. Sé que desde la calle la cornisa se ve pequeña, pero vista de cerca es diferente: debe de tener más de un metro de ancho. Bastaba con pasar la baranda, que era baja, y caminar hasta la otra terraza. Facilísimo.

Ella se quedó mientras era Marcelo el que recorría la cornisa. Por sus exclamaciones de alegría supo que las cosas no podían salir mejor: en la otra terraza también estaba Melina. Marcelo tomó un gato con cada mano y se dispuso a volver. Pero, claro, no se animaba. Una cosa era caminar por la cornisa solo y tranquilo y otra muy distinta era hacerlo con dos gatos que se agitaban en sus brazos. La solución se le ocurrió a Carla.

—La idea era así –me contó–: yo también debía avanzar un poco por la cornisa. Marcelo tomaba uno de los gatos, se acercaba unos pasos y me lo pasaba. Yo lo depositaba en la terraza y hacíamos lo mismo con el otro. De esa manera, ninguno caminaba con los dos gatos en brazos. Pero cuando empezamos a hacerlo todo se arruinó.

—¿Por qué?

—Oímos ruido y miramos hacia abajo. Y lo vimos.

—¿Qué vieron?

—A un millón de personas. Se veían como hormiguitas ahí abajo, todos con la cabeza tirada hacia atrás, mirándonos a nosotros. Marcelo dijo: "Estamos fregados". Y tenía razón, estábamos definitivamente fregados.

Parece mentira, pero cuando estábamos en la mejor parte se apareció Clori en el quiosco. Más inoportuna no podía ser. Quería unos caramelos para la garganta y se pasó como diez minutos eligiendo, que si los de mentol o los de menta con naranja. Cuando estaba por irse vio a Carla.

—Joven tu empleada... –me dijo con evidente tono crítico.

—Es solo por el verano –aclaré–, hasta que empiecen las clases.

—¿No nos vimos en algún lado? –le preguntó entonces a ella, frunciendo el ceño.

Les confieso que me preocupó. Hubiese sido una verdadera catástrofe que Clori se diese cuenta de que Carla era Julieta.

—No creo –le respondió muy segura–. Yo sí la vi a usted, en la televisión.

Clori sonrió.

—Ah, sí, me entrevistaron muchas veces para hablar de esos chicos, Romeo y Julieta. ¿Conocés la historia?

—No demasiado. Solo lo que vi en la tele.

—Tenés que venir un día al almacén y te la cuento –la invitó.

—Claro –sonrió Carla–. Me encantaría. Cualquiera de estos días paso.

Yo respiré aliviada.

La primera reacción, siguió contando Carla después, fue bajarse de la cornisa. Pero no llegaron a dar ni siquiera dos pasos cuando un grito los detuvo.

—¿De quién? -pregunté yo.

—De un tipo que se llamaba Piedrabuena.

—Ah, el bombero.

—Sí, claro, todos sabían que era bombero menos nosotros. Porque el tipo no tenía uniforme, ni gorro, ni manguera. ¿Cómo íbamos a saber que era bombero? Ese Piedrabuena se paró ahí y nos dijo: "No se muevan".

—¿Y qué pensaron?

—Que era un loco.

—¿Un loco?

—Sí, un loco que quería evitar que nos bajáramos. Nos dio miedo. Tené en cuenta que estábamos parados en una cornisa: ¿y si al tipo se le daba por empujarnos? Decidimos quedarnos quietitos y seguirle la corriente. Porque dicen que a los locos hay que seguirles la corriente. Entonces él empezó a decir disparates.

—¿Cómo disparates?

—Sí, dijo algo sobre que hay que comer verdura.

—¿Qué?

—Bueno, al menos eso entendimos: se oía bastante mal con el ruido que venía de la calle. Pero estoy segura de que fue algo sobre la verdura.

En ese momento me acordé de Carlitos: "No cometan una locura", había dicho.

—¿Y vos qué contestaste? –pregunté.

—Solo papa.

—¿Solo papa?

—Sí, porque a mí no me gustan ni la lechuga, ni la acelga, ni la espinaca... Siempre discuto con mamá por eso. La cuestión es que como había que seguirle la corriente, le dije que yo como únicamente papa. Y el tipo me sale con que le dé el nombre y el teléfono de mi padre para ir a buscarlo. Por supuesto que le grité que no, que de ninguna manera, porque si venía papá me mataba. Entonces este Piedrabuena se puso mal.

—¿Por qué mal?

—No sé, era muy raro, a cada rato el hombre parecía tener un ataque de angustia. Sobre todo cada vez que nosotros nos movíamos para bajar. Nos dijo que no hiciéramos nada, que había mucho tiempo. ¡Imaginate! Eran como las nueve de la noche, teníamos que rescatar a los gatos, en mi casa me iban a matar por llegar tarde y este tipo salía con que había tiempo. Le dije que no, que ya era tarde. Y otra vez pareció angustiarse. Entonces, para calmarlo, quise explicarle el asunto de los gatos. Le conté que estábamos ahí por Melina y Molesto. ¿Y sabés lo que me contestó?

—¿Qué?

—¡Que me olvidara de Melina! A mí se me ocurrió que tal vez él quería quedarse con la gata de Isabel y le dije que de ninguna manera, que yo estaba ahí por Melina. Lo único que faltaba era que nos robaran la gata. Pero creeme, el tipo era verdaderamente extraño.

—¿Qué hizo?

—Se me acercó para estrecharme la mano. Yo pensé que al fin y al cabo se quería hacer amigo, así que le di la mano y le dije "Mucho gusto, Carla". ¡Y ahí se puso a llorar!

—¿A llorar?

—Sí, se le caían las lágrimas. La verdad es que a esa altura ya me dio pena. Se ve que el tipo no pasaba por un buen momento. Entonces le pregunté si le podía ayudar en algo. Eso fue lo más insólito: me pidió que nos bajáramos. ¡Y era lo que estábamos tratando de hacer todo ese tiempo!

—Ahí terminó todo.

—No. Aparecieron un montón de bomberos que estaban escondidos y nos dieron unas sogas. Francamente, no hacía falta, porque podíamos caminar sin problemas. Pero, para darles el gusto, nos agarramos. Y cuando bajamos, ¡se nos tiraron encima!

—¿Cómo encima?

—Sí, casi nos ahogan. Te digo que esa noche toda la gente actuaba de una manera muy extraña.

Carla cree sinceramente que esos dos médicos que subieron a la terraza no eran médicos de verdad, sino impostores disfrazados. Porque se comportaron de un modo que no duda en calificar de ridículo. Ella y Marcelo les explicaron de entrada que no hacía ninguna falta que los examinaran porque gozaban de una excelente salud. Pero como los tipos insistieron tanto, decidieron aceptar. Suponían que les iban a tomar el pulso o mirar la garganta, como hace un médico cualquiera, pero no. Empezaron a hacerles un montón de preguntas raras: cómo se llevaban con sus padres, si estaban tristes, si tenían ganas de llorar...

—Puras pavadas –me explicó– y nadie quería ocuparse de lo único importante: rescatar a los gatos. Yo creo que en el fondo al tipo le divertía la idea de la cornisa.

—¿Cómo que le divertía?

—Sí, nos preguntó mil veces si habíamos tenido miedo, cómo nos sentimos allí. Para mí que él tenía ganas de subirse. La cornisa lo tentaba. Nosotros se lo desaconsejamos: sí, era bastante divertido, pero se armaba demasiado lío.

Y aún faltaban los padres. Hasta ellos, dice Carla, se mostraron raros esa noche. Demasiado amables, demasiado comprensivos. Con Marcelo habían estado imaginando lo que les esperaba: un buen reto, un castigo, que les anularan las salidas por una semana. Algo así. Sin embargo, los padres los miraban con esa sonrisa falsa y no decían nada. Tal vez jamás les creyeron. Aunque les explicaron mil veces el asunto de los gatos y de Isabel, la desconfianza nunca se les fue de los ojos. Insistían con relacionar el viaje y la cornisa con el asunto del secundario.

—¿Qué asunto? –pregunté.

—En esos días estábamos decidiendo a qué

secundario iríamos. Nosotros queríamos seguir juntos en la misma escuela, pero mis padres querían mandarme a otra. Decían que era mejor. Pero eso no tenía nada que ver con los gatos, claro.

Las dos familias, sin embargo, insistían en la idea de que habían querido fugarse porque estaban preocupados por el futuro. El peor fue el padre de Marcelo: con todo lo que dijeron la televisión y los diarios, nunca más se sacó de la cabeza que eran novios. Pero a fin de cuentas, sostiene Carla, tal vez el escándalo tuvo un efecto positivo. La cuestión del secundario se resolvió sin más peleas. Y ahora, cada tanto, hasta los dejan tomar un café. Solo.

—Quizá todos cambiamos un poco –me dijo–. Hasta nosotros.

—¿En qué sentido? –pregunté.

—No es lo que estás pensando –replicó adivinando la intención en mis ojos–. No hay historia de amor. Pero estamos un poco distintos. Mayores, creo.

13 Marcelo

Es tímido, pensé la primera vez que lo vi. Después me di cuenta de que era una falsa impresión. Marcelo es de los que estudian bien una situación antes de decir una palabra. Puede parecer ingenuo, pero en realidad es audaz y provocador. Y, como descubrí días más tarde, es capaz de mentir sin que lo delate un solo gesto de su inocente cara.

Ese martes del que les quiero hablar nos habíamos atrasado con los sándwiches: no estaban aún envueltos cuando Marcelo llegó a buscarlos. Por eso encadenó su bicicleta al poste de la luz y se sentó pacientemente a esperar. Carla terminaba de hacer los paquetes a toda velocidad mientras yo atendía a un cliente. Le estaba dando el cambio cuando vi aproximarse desde la esquina al periodista narigón.

—Miren –les dije a ellos–. Ese es el periodista que está escribiendo sobre ustedes.

Los dos se asomaron, interesados. El tipo venía hacia el quiosco.

—¿Y si le decimos la verdad? –preguntó Carla.

Marcelo la miró extrañado.

—¿La verdad?

—Bueno, una parte al menos. Así no escribe tantas pavadas.

Marcelo sacó una moneda de su bolsillo.

—Si sale cara decimos la verdad –dijo mientras la tiraba al aire.

La moneda subió casi hasta tocar el techo y cuando caía Marcelo la atrapó en el aire, entre sus dos manos. Las abrió lentamente.

—Cruz –dijo en el momento en que el narigón llegaba.

El tipo entró y echó una mirada a todos.

—Buenas tardes –saludó mientras se acomodaba en uno de mis nuevos taburetes.

Yo le sonreí.

—Hace mucho que no nos veíamos. ¿Todavía trabajando?

—En realidad vengo a despedirme –me contestó–. Ya terminé el informe. Pensé en pasar a saludarte y de paso, comerme un especial de atún.

Mientras le servía el sándwich vi que los chicos lo miraban sin ningún disimulo.

—¿Usted es el periodista que está haciendo una investigación en el barrio? –le preguntó Marcelo haciéndose el tonto.

—Sí –sonrió el narigón–. Pero ya casi la terminé. Podrán leerla el próximo domingo. Y les aconsejo que no se la pierdan. Va a ser un informe especial: toda la verdad sobre la historia de Romeo y Julieta.

—¿Y cuál es la verdad? –preguntó Marcelo.

—No me gusta adelantarme –dijo el periodista mientras le daba un mordisco al sándwich–. Va a ser mejor que lo lean.

—Cuéntenos algo –pidió Carla–, algún detalle.

El tipo se limpió la boca con una servilleta y suspiró.

—Bueno –aceptó–. Les voy a decir algo: la fuga de los chicos de la que todos hablaron en realidad nunca se concretó. Es cierto que el muchacho planeaba irse con la chica a Bella Vista, para escapar de la presión de los padres, pero no lo hicieron.

—¿Por qué? –preguntó Carla.

—Porque alguien se interpuso. Y ese es el verdadero nudo de la historia que yo descubrí.

Era evidente que el narigón no podía refrenarse. Es de esas personas a las que le encanta hablar de sí mismos. Ya estaba dispuesto a decir todo.

—Qué interesante –lo alentó Marcelo–. Cuéntenos, ¿quién se interpuso?

—Había otra chica que estaba rondando a Romeo en esos días. Una rubia. Una mañana, todos en la escuela vieron que él robaba una flor. Julieta, que ya estaba celosa, creyó que era para la otra chica. Fue por eso por lo que se subió a la cornisa: por celos.

—¿Por celos? –preguntó Carla conteniendo la risa–. ¿Y quién era la otra?

—Este dato aún no lo sabe nadie: se llama Melina.

—¿¿Melina??

El narigón advirtió la sorpresa en el tono de Marcelo.

—¿Qué? –preguntó–. ¿La conocés?

—Bueno –dijo Marcelo muy serio–, conozco a una Melina que vive cerca de acá. Creo que podría ser ella. Sí, probablemente sea ella.

El periodista sacó rápidamente su libreta y su lápiz.

—¿Y cómo es? –preguntó.

Marcelo se quedó pensando.

—Tiene un estilo... digamos, felino.

—¿Felino? –el narigón estaba cada vez más interesado–. ¿Qué querés decir? ¿Sexy?

—Se podría decir, sí.

—¿Podrías describirla? ¿Cómo es su pelo?

—Claro, muy claro. Y suele usar una cinta roja en el cuello.

—Ajá –el periodista escribía a toda velocidad–. Una cinta roja. Muy atrevida. Todo concuerda. ¿Y te parece que ella puede haber seducido al muchacho?

—Tanto no sé –dijo Marcelo–, a él no lo conozco. Pero sería posible: ella es muy especial.

—¿Y estará enamorada de Romeo?

—Creo que no –dijo Marcelo bajando la voz–. Me parece que en verdad Melina quiere a otro.

—¿Ah sí? ¿A quién?

—A un tipo que nunca quiere estar quieto. Un tipo muy audaz, que ama la libertad: no le gusta sentirse encerrado.

—Tal vez por eso ella, sintiéndose despreciada, se acercó a Romeo –dijo muy serio el periodista–. Fue cuando Julieta se sintió celosa y subió a la cornisa. Y Romeo la siguió. Lo que yo descubrí es que allí se produjo un extraño fenómeno.

—¿Qué fenómeno?

—Ellos, asustados por lo que pasaba, sufrieron un bloqueo mental y negaron la realidad. Nunca tomaron conciencia del peligro real que corrían en la cornisa. Por eso fue tan difícil hacerlos bajar. En ese estado de *shock*, se preocupaban por unos gatos.

—¿Gatos? –la palabra sobresaltó a Marcelo–. ¿Qué gatos?

—Unos gatos callejeros, que andaban por allí. Lo interesante es que en lugar de preocuparse porque estaban poniendo sus vidas en riesgo, hablaban de unos gatos. Negar el peligro para no sufrir: es una reacción frecuente.

—¿En serio?

—Sí. Ahora ya saben –dijo el narigón con evidente orgullo–. Esa es la verdad sobre Romeo y Julieta. Por supuesto, se darán cuenta de que me refiero a ellos así para no revelar sus verdaderos nombres.

—¿Usted conoce sus nombres? –preguntó Carla.

—Claro –dijo el narigón–, pero no voy a

publicarlos. Quiero que puedan vivir sus vidas en paz.

—Bien dicho –intervine yo–, así se hace. Dejemos vivir a Romeo y Julieta.

El tipo terminó su sándwich y guardó la libreta.

—Fue un placer –dijo como despedida–. No dejen de leer el informe.

—No nos lo perderíamos por nada del mundo –le contestó Marcelo.

Fue la última vez que lo vimos: nos saludó cortésmente, uno por uno, y se fue con paso lento, como cansado. Entonces le pregunté a Marcelo qué habría hecho si la moneda hubiera caído del lado de la cara.

—Le habría dicho que Romeo y Julieta nunca estuvieron enamorados –me contestó.

—No te hubiera creído –dije yo.

—No –coincidió Carla–. Fue mejor así. Ahora va a poder escribir una linda historia.

14 *Clorinda*

Se me había acabado la mayonesa. Por eso me hice una escapada hasta lo de Clori, que me queda apenas a dos cuadras. Ya sé que es más caro, pero tenía prisa. Al cuidado del quiosco quedó Marcelo, que reemplazaba a Carla por unos días. Ella se había ido a Mar del Plata con sus padres.

Mientras esperaba que me cobrara, vi el artículo del diario doblado junto a la caja registradora. El informe del narigón. Todo el barrio lo había leído, releído y discutido en esos días.

—¿Ya lo leíste? -pregunté, como si no supiera la respuesta.

—Sí -suspiró Clori-. Una pérdida de tiempo. Dice puras mentiras.

—¿Para vos todo lo que cuenta es falso?

—Por supuesto. Es que ese muchacho se creyó cualquier cosa. Eso pasa por ir a preguntarle a quien no sabe.

Obviamente, se refería a la señora Chan, pero preferí ignorar el comentario.

—Yo tengo un dato nuevo –agregó bajando la voz.

—¿Sí? ¿De qué se trata?

Clori puso cara de misterio y se me acercó un poco más.

—Se la llevaron –susurró.

—¿A quién?

—A Julieta, claro.

—No entiendo. ¿Quién se la llevó? ¿Adónde?

—Los padres. La llevaron de viajc, a Europa, creo. Es para separarla de él.

—¿En serio? –pregunté mientras pensaba que en ese momento Carla debía estar tomando sol en alguna playa–. ¿Otra vez quieren separarlos?

Clori suspiró.

—Es el destino trágico de estos chicos. Se interponen entre ellos, intentan quebrar ese amor tan intenso que los une. Habría que hacer algo por esos pobres enamorados.

Pensé que lo único que les faltaba a Carla y Marcelo era que Clori se metiera en sus vidas.

—El destino es el destino –dije–. Uno no puede cambiarlo.

—Tenés razón, muy sabias tus palabras –me contestó solemne y me cobró tres ochenta y cinco por el frasco chico de mayonesa. Un robo, la verdad.

Ahora, mientras les cuento esto, siento que los extraño. A fin del verano dejaron el trabajo en el quiosco y desde entonces los veo poco. Cada tanto vienen a saludarme, pero desde que están en el secundario tienen menos tiempo. A Marcelo suelo verlo pasar en bicicleta.

—¡Adiós, Romeo! –le grito a veces.

Él se ríe y hace sonar su bocina.

Ya sé, a ustedes les gustaría saber qué pasó entre ellos. Pues nada, siguieron amigos. Como siempre. Hubo gente que llegó a identificarlos como Romeo y Julieta y hasta los detuvieron en la calle para preguntarles cuál era la verdad. Ellos nunca quisieron hablar del tema. A veces negaban rotundamente ser los protagonistas. Otras optaban por el silencio: que cada cual pensara lo que quisiera.

La historia que escribió el narigón, con sus ingredientes de celos y drama, despertó mucho interés aquí. ¿Entonces es esa la verdad?, se preguntaron algunos en aquellos días. Sí, aseguraban otros que nada sabían y volvían a contarla agregando detalles de su propia cosecha. Después, sin embargo, también esa versión fue olvidada. O mezclada con las otras hasta hacer una especie de guiso de historias. Es que se dijeron tantas cosas sobre este tema, que verdad y mentira terminaron por confundirse en el barrio. Hasta para mí: algunas veces yo misma llegué a dudar de la verdad. Hubo días en que pensé que en realidad el romance existía, pero ellos, entrenados en el arte del ocultamiento, habían logrado engañarme incluso a mí. Quién sabe.

Ahora que ha pasado el tiempo, sin embargo, puedo decir que la versión que al fin se impuso en el barrio fue la de Clori. A Carla y Marcelo esa historia les sigue pareciendo muy graciosa. Cada tanto vienen a verme, se sientan en mis taburetes altos y hablan del narigón, de Clori y de todas las mentiras que se contaron. Yo ya nunca les pregunto si hubo algo más, algún secreto que no me dijeran. Me gusta simplemente oírlos hablar y reírse. Antes de sentarnos, siempre les sirvo un café. Solo, por supuesto.

Índice

TE CUENTO QUE ANDREA FERRARI...

... aquí, entre nosotros, es despistadísima. Siempre está perdiendo cosas, sobre todo agendas, paraguas, abrigos y guantes. Incluso a veces llega a perderse a sí misma, pues nunca recuerda las calles por las que pasa. Dice su familia que es una perfecta brújula del revés, y eso también tiene su mérito: cuando alguien no sabe la dirección en la que ir, le pregunta a ella; Andrea responde y, para que todo vaya bien, la otra persona debe enfilar justo la dirección contraria. Estate seguro que acierta.

La primera vez que Andrea Ferrari escribió un cuento para niños, fue a consecuencia de un juego con su hija. Ambas decidieron escribir una historia y regalársela mutuamente. Así empezó todo. Y como Andrea Ferrari tiene siempre muchas ganas de hacer cosas (de leer, de viajar, de escribir...), pues se pasa el tiempo leyendo, viajando (no tanto como quisiera), escribiendo y tomando café (solo), que es la bebida que más le gusta. Y si se la sirven en una taza de color violeta, mucho mejor, porque ese es su color preferido.

Andrea Ferrari nació en Buenos Aires (Argentina), ciudad en la que reside actualmente. La autora se graduó como traductora literaria de inglés en el Instituto Superior de Lenguas Vivas, y posteriormente se licenció en la Facultad de Filosofía y Letras de la Universidad de Buenos Aires. Tras colaborar como periodista en diversos medios, en la actualidad trabaja en *Página 12*, uno de los principales periódicos de su país. Por su anterior novela infantil, *El complot de Las Flores*, Andrea Ferrari recibió el Premio El Barco de Vapor de 2003.

¿QUIERES LEER MÁS?

SI LO QUE TE HA GUSTADO DE **CAFÉ SOLO** ES QUE HABLA DE COSAS SERIAS DESDE UN PUNTO DE VISTA HUMORÍSTICO, TE ENCANTARÁ **LA CAZADORA DE INDIANA JONES**, una historia que narra el lío en el que se mete Christie por contar a toda la clase que la cazadora que lleva, cuatro tallas mayor que la suya, perteneció a Indiana Jones. Pero es que no es fácil ser la más pequeña de cuatro hermanos y vestir siempre con ropa heredada. Lo bueno, dentro de lo malo, es que conocerá a George y se enamorará de él.

LA CAZADORA DE INDIANA JONES
Asun Balzola
EL BARCO DE VAPOR SERIE ROJA, N.º 53

SI LO QUE TE HA LLAMADO LA ATENCIÓN ES QUE LOS PROTAGONISTAS SON ADOLESCENTES MUY DECIDIDOS, LEE **ELDORADO** y acompaña a Félix en su viaje en busca de información sobre su padre, un hombre al que apenas conoció y que ahora acaba de morir. Lo que descubre no es fácil de aceptar, pero Félix sabe que su vida debe continuar.

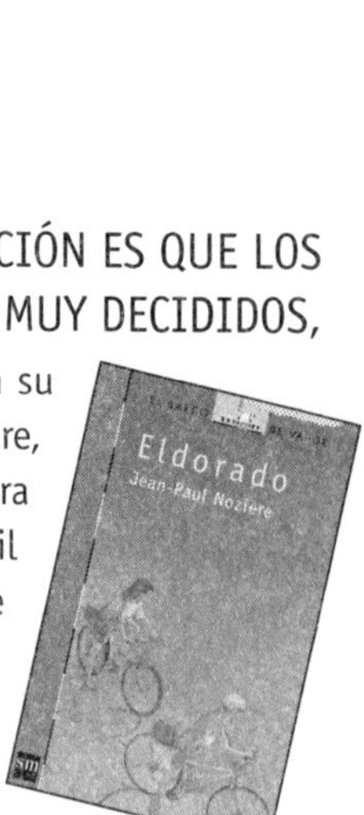

ELDORADO
Jean-Paul Nozière
EL BARCO DE VAPOR SERIE ROJA, N.º 142

SI LO QUE TE ATRAE ES LA VENA ROMÁNTICA DE **CAFÉ SOLO**, DISFRUTA CON **EL EFECTO GUGGENHEIM-BILBAO**, la historia de la relación entre Kepa y Sofía, dos compañeros de clase muy diferentes, pero unidos por su amor. Sin embargo, el día que estalla una bomba en Bilbao, Sofía vuela por los aires. Será el principio de su separación.

EL EFECTO GUGGENHEIM-BILBAO
Asun Balzola
EL BARCO DE VAPOR SERIE ROJA, N.º 151

SI LO QUE TE HA ATRAPADO ES LA POSIBILIDAD DE CONOCER OTROS LUGARES, OTRAS GENTES, OTROS ACENTOS, ELIGE **EL COMPLOT DE LAS FLORES**, que cuenta la situación en que se encuentra Mara, una chica de ciudad, cuando su padre es trasladado a un pequeño pueblo en plena Patagonia argentina. Las extrañas ideas de sus nuevos vecinos todavía le complicarán más las cosas.

EL COMPLOT DE LAS FLORES
Andrea Ferrari
EL BARCO DE VAPOR SERIE ROJA, N.º 152